光文社文庫

文庫書下ろし

おもいで影法師

九十九字ふしぎ屋 商い中

霜島けい

光 文 社

この作品は光文社文庫のために書下ろされました。

目次

第一話

虫干しの日

一

「いいわよ、お父っつぁん。紐を引っぱって」

　ここは九十九字屋《つくもじや》の一階、普段は客間にしている座敷である。ただでさえさして広くはない部屋が、今は大小の木箱やら衣類やらわけのわからない小物の数々で、あふれ返っていた。

　るいが声をかけると、壁から腕を突き出していた作蔵《さくぞう》が「親をこき使いやがって」とか何とかぶつくさ言いながら、手に握っていた紐の端を長押《なげし》の金具に引っかけた。座敷の端から端にぴんと張られたその紐には大小の古着や帯が吊されていて、まるでとりどりの布でつくった暖簾《のれん》のように裾を揺らしている。

　次にるいは部屋の隅に積んである木箱の蓋を取った。中身はこれまた古い本や紙の束だ。予想していたような埃や黴《かび》の臭いはなかったが、中をのぞいたとたんに何やらモヤモヤと薄い黒煙のようなものが立ちのぼった。いわくつきの品から湧いてでた得体《えたい》の知れないそれを、無造作にぱっぱと手で追い払い、用意していた台の上に手際よく並べていく。

「ふう。これでよし」

木箱をすっかり空にしてしまうと、るいは腰に手をあてて座敷をぐるりと見回した。開けはなった戸口や窓からひんやりとした風が通って、くるくると動きつづけて汗ばんだるいの頰や首筋を撫でる。

暦は晩秋。長月もじきに尽きるというこの数日は、からりとよく晴れた気持ちのいい天気がつづいていた。

季節の変わり目の、絶好の虫干し日和りである。今日は一日店を閉めることにして、蔵の中の物を外に出したり部屋に運び込んだり、吊して並べて風に当ててと、るいは朝から大忙しだったのだ。

「おい、ここにある箱はどうするんだ？」と、作蔵が畳の上に積まれている他の品々を指差した。幾つかの箱は固く紐で縛られていたり、蓋に御札が貼られていたりと、いかにも怪しげだ。

「そっちのは開けるな、中の物に触るなって、冬吾《とうご》様が」

なんでぇと露骨にガッカリした声を出したところをみると、作蔵はどうやら九十九字屋の蔵に保管されていた商品に興味津々《しんしん》である。

さて、そろそろ一休みしてお茶でも淹れようかと思ってから、るいはふと壁に向かって声をかけた。

「お父っつぁん、いくら蔵の壁を寝床にしてるからって、蔵の中の物をこっそり見たりしたら駄目だよ」

すると壁の表面にむくむくと、鏝《こて》で漆喰《しっくい》を盛り上げたように中年男の顔が浮かび上がって、るいを睨《にら》んだ。

「けっ。誰に言ってやがる。蔵の品に勝手に触ったり、箱を開けてのぞいたりしねぇってのが、ここの店主との端《はな》からの約束だ。俺ぁ生まれてこのかたどころか、死んでからだって他人様との約束を破ったこたぁ、一度もねえや」

「あたしが小さい時、からくりの見せ物に連れてってやるって約束したのに、ころりと忘れたことあったよね」

「うぅ、つまんねぇことを覚えてやがる。……ええい、他人様との約束って言ったろうが。おめえは身内だ、他人じゃねえ！」

「それ、屁理屈って言わない？」

「う、うるせえ！　とにかく俺ぁ、蔵のもんにゃ指一本たりと触れちゃいねえ！」

拗《す》ねたように唸って、いかつい顔がすうっと壁の中に引っ込んだ。

るいの父親の作蔵は、るいが十二の年に酔っぱらって凍った夜道で足を滑らせ、壁に頭を打ちつけるという、ちょっと間抜けな死に方でこの世を去った。——いや、普通なら去るところなのだが、どうやら作蔵の魂ははずみで壁に入り込んでしまったらしく、なんとそのまま『ぬりかべ』という妖怪になってしまったのだ。

お父っつぁんは生きてた時は左官で、壁を塗るのが仕事だった。よくよく壁に思い入れがあったに違いないけど、だからって何も本人が壁になることはないじゃないかと、るいは思う。

妖怪の父親を持ったおかげで、その後るいはさんざっぱら苦労する羽目になったのだけれど、それはまあ、今さら言っても仕方がない。紆余曲折の末に、十五になった今、るいはこうして深川北六間堀町《ふかがわきたろっけんぼりまち》にある九十九字屋に奉公し、作蔵は店の蔵の壁を日頃の居場所にしている。

ところでこの九十九字屋、売り買いするのはこの世の『不思議』という、一風変わった店であった。

――よろず不思議、承り候

そう掲げた謳《うた》い文句のとおり、客が持ち込むあやかし絡みの事件を店主の冬吾みずから解決することもあれば、いわゆるいわく因縁つきの品物を買い取って、後々に好事家《こうずか》たちに売りつけることもある。店自体は小さいが、裏庭にある蔵はなかなか立派で、冬吾のお眼鏡にかなった商品は、買い手がつくまでの間そこに収められることになっていた。

普段は冬吾が蔵の管理をしているので、るいはこれまで一度も中に入ったことはない。きっと妙ちくりんな物がどっさりつまっているんだわ、などと勝手に想像たくましくしていたのだが、いざ虫干しをはじめてみれば、着物だの古い本だの、薄汚れた茶碗や壺といったありきたりの品ばかりだったので、ちょっと拍子抜けした。

もっとも冬吾によれば、「本当に危険で厄介な物」は蔵の奥に封印してあって、今日のような日にも外には出さないのだという。

「それじゃ売り物にならないいんじゃないですか」

るいが首をかしげると、

「毒も使いようによっては薬になる」と、いかにも説明する気のない店主の返答だ。

危険で厄介な物とは何だろう。触れると祟《たた》られるとか、箱を開けると中から化け物がぞろぞろ這い出てくるとか。ひょっとすると怪談にでてくるような、斬り殺された人間の怨念が取り憑いた刀や、持ち主が必ず非業《ひごう》の死を遂げるという器物のような、怖ろしげなシロモノかもしれない。――でも、そんなものが薬になるほど役に立つとは思えないけど。

知りたい気持ちがむくむくと頭をもたげたが、どうせ訊ねたところで冬吾がまともにとりあってくれないのはわかりきっていたから、るいはおとなしく、言いつけられた仕事に励むことにした。

それに今の時期、夜に比べて昼間の時間は短い。蔵から運び出した品々を風に当てて干した後は、それらをもう一度もとのように蔵に戻す作業が待っている。よけいな事を考えていたら、あっという間に日が暮れてしまう。

さっき見たら冬吾は裏庭の木陰に置いた台に、紙に包んだ薬草を並べていた。包みは木箱にどっさりあったし、ひとつひとつ中身を確かめながらの作業だったから、時間がかかりそうだ。

お茶を淹れたら、あたしも裏庭に行って手伝おう。――そう思いながら台所で湯を沸かしていると、座敷のほうで物音がした。コトン、と何かが下に落ちた音だ。

見れば部屋の畳の上に、木箱のひとつが転がっていた。菓子屋で見かけるみたいな平べったい箱だが、どういうわけか縛ってあった紐が解けて、蓋が外れてしまっている。はずみで放り出されたらしく、中の品が壁の下に落ちていた。

大変、とるいが慌てて駆け寄り、拾い上げたそれは、丸い手鏡だった。大人の掌ほどの大きさの、一見何の変哲もない銅製の鏡で、握るにちょうどいい長さの柄がついている。

なるほどこれを仕舞っていたから、誂《あつら》えたみたいに箱が平たいのね。いったんそう納得してから、るいは小首をかしげた。

（この手鏡、いつから蔵にあったのかしら）

鏡というのは、たびたび磨《と》いでやらないと、すぐに曇ってしまうものだ。なのにるいが手にしている手鏡の表面は、一点の曇りもなくきれいに澄んでいた。まるで、たった今磨ぎでもしたみたいに。

（不思議ねえ）

さすがにいわくつきの品だけのことはあると妙なことを感心しながら、るいは手早く鏡を箱におさめて、蓋が外れないようにもう一度紐で括った。それを座敷の隅に積み重ねてあった別の木箱の上に置いてから、

「お父っつぁん」

ため息まじりの声になったのは、大方作蔵が我慢できずに箱を開けようとして、うっかり落っことしでもしたのだろうと思ったからだ。

「こっそり見ちゃ駄目って言ったのに」

ところがいくら呼んでも、作蔵の返事はなかった。さすがにばつが悪くなって、部屋から逃げるかどこかに隠れてしまったのかもしれない。

「ねえ、お父っつぁんてば！」

焦《じ》れったくなって唇を尖らせた時、表のほうから声がかかった。

「――手は空いたかい？　そろそろ昼時だからね、弁当を持ってきたよ」

土間に入ってきたナツが、手にしていた風呂敷包みを板の間の端に置いた。包みを解けば、あらわれたのは重箱だ。握り飯の他に卵焼きやきんぴら、芋の煮付けに塩焼きの

魚まで詰めてあるのを見て、るいは、わあと歓声をあげた。

「これ、ナツさんが？」

まさかとナツは笑って首を振った。薄化粧を施《ほどこ》した白い肌、唇に差した紅が土間の薄明かりに光って、その艶やかな女の風情に毎度るいは見惚れてしまう。

(ナツさんて、本当に綺麗だわ)

と、思ったとたんにお腹がぐうと鳴った。一休みと思ったけど、言われてみればそろそろ昼九つ（十二時）の鐘が鳴る頃合いだ。

腹に手を当てて赤くなったるいを見て、ナツは喉を鳴らすように笑う。

「筧屋《かけいや》の仕出しだよ。あたしは冬吾に頼まれて、お重を受け取ってきただけさ」

「それだって、ありがたいです」

頼まれたということは、ナツは先から裏庭にいて冬吾と言葉を交わしたのだろう。いつの間に来ていたのかしらとるいは思うけれど、ナツがそんなふうに突然あらわれたり、消えるみたいにいなくなるのはいつものことだから、今さら驚かない。

冬吾の顔馴染みという理由で九十九字屋に出入りしているが、そもそもナツが何者でどこに住んでいるのかも、るいは知らない。知らなくてもナツさんはナツさんだし、そりゃあ、まったく気にならないといえば嘘になるけど、相手が何も言わないのにこっちから事情を訊くのは野暮ってもんだわと、るいは思っている。

「今回の虫干しはあんたがいてくれるから、冬吾も楽だろう」

上がり口に腰かけたまま、ナツは座敷に吊り下げられた着物を一瞥して、手際がいいと感心したように言った。

「そうですか?」

「この店だし、扱う品が品だからね。たいていは冬吾が一人でやっているから、時間がかかっちまって」

「え、こんなにたくさんの品物を冬吾様が一人で?」

それは大変だわと、るいは目を丸くする。以前に働いていた店にも蔵はあったが、虫干しの日は奉公している者が総出の騒ぎだったのを思い出した。

「結局、こっちにも手を貸せだのなんだのと言ってくるからさ。あんたのおかげで、あたしも大助かりだ」

奉公人冥利に尽きる言葉だが、当の店主はありがたいの「あ」の字も顔に出さないにきまっている。

（無愛想だし、威張りんぼだしね）

なのに時々思いがけず優しいから困ったものだと思いながら、るいは冬吾を呼びに裏庭へ駆けだした。

二

昼食の後、裏庭でしばらく冬吾の手伝いをしてからるいが座敷に戻ると、ナツが干してあった着物を取り込みにかかっていた。

「もう十分、風にあてたし、そろそろ仕舞ったほうがいいかと思ってね」

「すみません、助かります」

るいも急いで、紐にかけた衣類を下におろす。ナツと一緒に着物や帯を丁寧に畳みながら、軽く首をかしげた。

「この着物も、みんないわく因縁があるんですか？　何か取り憑いているとか……」

古着の種類は様々だ。擦り切れて継ぎの当たった野良着もあれば、まだ真新しいような華やいだ色柄の振り袖もある。子供が着る藍色の袷《あわせ》や、おどろおどろしい妖怪の柄を染め抜いた浴衣もあった。

「全部が全部ってわけじゃないよ。前にあんたに見立てた着物みたいに、何の因縁もないのに客が勝手に勘違いして持ち込んできたような品もあるからね。でも、たとえばあんたが今手にしているその振り袖は、持ち主が死んだ後にいろいろあったって聞いたねえ」

「え、いろいろって？」

思わず身を乗り出したるいを見て、ナツは苦笑した。

「どこぞのお店《たな》のお嬢さんが、たいそう気に入って大切にしていた物だそうだ。ところが気の毒に、そのお嬢さんは不慮の事故で亡くなっちまってね。なんでもお稽古事の帰り道に、通りかかった寺の石段からうっかり足を滑らせて落ちたとかで。首の骨が折れていたって話だ」

いっそう哀れなことに、娘は一ヶ月後に嫁入りをひかえていた。悲しみのあまり両親は娘の婚礼衣装から道具から一切を処分してしまったが、形見の振り袖だけはどうしても手放すことができずに、大切に仕舞い込んでいたという。ところが——。

「婚礼をあげることになっていた日の朝、その振り袖が嫁ぎ先の男の部屋で見つかった。

まるで添うかのように、寝ていた男のそばの畳に、ふわりと広げて置いてあったそうだ」

娘の結婚相手は、隣町の商家の息子だった。見合いの折、娘が着ていたその振り袖の色柄を男は見覚えていた。しかし、当の娘はすでに亡くなっている。家族や奉公人に訊ねても、いつどうやってその振り袖が持ち込まれたのか、心当たりのある者は誰もいなかった。

知らせを聞いて、娘の両親も驚いた。調べてみれば、仕舞ってあったはずの娘の振り袖が確かに消えている。ともかくも先方に駆けつけて、形見の品を引き取ってから、これはもしや娘が嫁ぐ日をよほど楽しみにしていたため、それが未練となって、彼岸へ渡る前に今一度魂がこの世に戻ってきたのではあるまいかと、両親は考えた。きっとそうなのだ、あの子は婚礼衣装の代わりにこの振り袖を着て愛《いと》しい男のもとを訪れたに違いないと、その不憫さにあらためて涙したという。

「不思議な話ではあるけれど、四十九日を過ぎれば魂はあの世にいくから、こんなことは二度とは起こるまい。——と、その時は二親ともそう思っていたそうだよ」

るいは小首をかしげた。ナツのその口振りからして、

「また同じことが起こったんですか？」

「何度もね」

四十九日をとうに過ぎても、怪異はおさまらなかった。振り袖は相手の男の家に頻々《ひんぴん》と出現した。男の寝間でなければ座敷の衣桁《いこう》にいつの間にか掛かっていたり、押し入れの中から見つかったこともあった。

いくら何でも怖ろしい気味が悪いと先方から苦情を言われ、さすがに娘の両親も困惑した。こうなると、不憫というにも度をこしている。娘はおそらく成仏していないのだろう。大切な形見の品ではあるけれども、娘のためにも振り袖を寺に預けて念入りに供養してもらうことにした。

るいは手元の振り袖に目を向けた。絹地に水浅葱色《みずあさぎいろ》の曙染め、裾と袖に花車の柄。いかにも高価な品で、娘の家が裕福であったことが知れる。

「でも――」

寺で供養したはずの物が今ここにある、ということは……。

そう、とナツはうなずいた。それで終わりにはならなかったんだよ、と。

しかも今度は先方の家ばかりではない、方々の出先で相手の男は娘の振り袖を目にするようになった。たとえばふと通りかかった古着屋の店先にそれが吊してあったり、知りあいの家に招かれて行ってみればそこの娘がその振り袖を着ていたり、という具合に。

古着屋の主人はこんな着物を買い取ったおぼえはないと首を捻るばかりだったし、知りあいの娘は納戸の行李《こうり》の中にこの着物が入っているのを見つけた、誰のものだろうと不思議には思ったけど、あんまり綺麗なのでちょっとだけ借りて着てみたと無邪気に答えた。

聞いているうちに、るいは自分の眉間《みけん》に皺が寄るのを感じた。死んだ者が生きている人間と同じようにはっきりと見えてしまうるいだから、今さら幽霊が怖いとは思わないけれど、この話にはなんとも薄ら寒い気分になった。

どうやら、振り袖の持ち主であった娘は、夫婦となるはずだった男によほど執着していたようだ。

「そんなにその人のことが好きだったのかしら」

でも相手だって、そこまでやられたら困るばかりでしょうに。るいが漏らした言葉に、ナツは意味ありげに唇を小さく歪めた。ただ口調はさらりと、

「ついに思い余った娘の両親は、その振り袖をここに持ってきた。冬吾がそれを買い取

ったってわけさ」

「じゃあ、今はもう……」

事はおさまったのだろう。振り袖がいつから蔵の中にあったのかは知らないけれど、少なくともるいが九十九字屋で働きはじめてから、娘の両親が店にやってきたことはなかったから。

「ああ。今はもう、ね」ナツはさらりさらりとつづける。「といっても、冬吾が解決したことじゃないよ」

「え？」

「自分で気がすんだんだろうさ」

どういう意味かと聞き返そうとした時、手の中で着物の布地がもぞりと動いた気がして、るいはハッとした。

(何よ……？)

持ち上げてよくよく見ようとしたとたん、るいはわっと魂消《たまげ》た声をあげて、振り袖を放り出した。

「うわあ」

畳の上にふわりと落ちた着物の袖から、白い腕が二本、にゅうっと出ていた。すぐに襟元が膨らんで、そこから若い娘の頭があらわれる。亀が甲羅から顔を出したみたいだわと、るいは思った。

「どうしてそんなに驚くのよ？」

こちらが目を瞬《しばたた》かせている間に、娘は身体を起こし、膝を揃えて目の前に座っていた。いかにも可笑《おか》しそうに、るいを見る。

年の頃は十六、七。くだんの振り袖を身にまとい、帯を締めた姿は、生きている者とかわりない。髪に挿した簪の飾りが、娘の仕草にあわせてちりちりと音をたてた。

「振り袖からいきなり手足が出てきて首まで生えたら、たいていの人間は驚くわよ」

るいが言い返すと、娘はけらけらと笑った。一見すればいかにも良家の箱入り娘、おとなしげな、世間の風にあたったらたちまち倒れてしまいそうな、たおやかな風情であるのに、口調はずいぶんとお茶っぴいだ。

「あんたのお父っつぁんだって、似たようなものじゃないの」

「う……、それはそうだけど」

確かに、お父っつぁんが壁から手や足や頭を出しても平気なのに、振り袖から娘が手足や頭を出したから驚くというのは、おかしなことだわとるいは思った。

「お父っつぁんを知ってるの？」

「いつも蔵の壁にいるし、さっきまでその辺をうろうろしてたじゃない」

そんなことよりと、振り袖娘はるいの目をのぞきこむようにして言った。

「ねえ、今の話にはつづきがあるの。聞きたくない？」

「え？」

ため息が聞こえたのでそちらに目をやると、ナツがやれやれと言わんばかりに首を振った。

「あんたね。今、あたしが話すところだったんだよ」

「だって私のことだもの。それに姐《ねえ》さんの話はまどろっこしくて、聞いてて退屈なんだもの」と、娘は小さく舌を出す。

そりゃ張本人のあんたにしてみりゃそうだろうと、ナツは軽く相手を睨《ね》めつけた。

「そうやって、すぐに出てくるものじゃない。冬吾に言いつけるよ」

「やだやだ、姐さんたら意地悪」振り袖娘はニヤニヤしながら、頭を振り立てた。簪が
またちりりと鳴る。「いいでしょ、普段は蔵の中で眠っているか退屈してるかしかない

んだから。たまに風にあたった時くらい、おしゃべりがしたいわ」

「蔵にだってあんたのお仲間はいるだろう」

「同じ年頃の子がいいの」

振り袖娘は手を伸ばすと、るいの両手をきゅっと握った。

「私はお連《れん》。あんたはるいね。よろしく、仲良くしましょ」

うなずいていいものかどうかとるいが首を捻っていると、お連はぐっと顔を近づけてきた。

「あのね、私、あの男に殺されたようなものなの。あの卯之助《うのすけ》にね。だから祟ってやったのよ」

「へ?」

ぽかんとしたるいを見て、お連はけらけらとまた笑った。子供みたいな笑い方だ。

「殺された……ようなものって」

笑いながら言うようなことかしらと思ってから、るいはぎょっとした。

「ええっ?」

「卯之助ときたら、それは見目の良い男だったのよ。役者みたいに。ほら、私は世間知らずのお嬢様だったでしょ。両親とお花見に行った先でたまたまあの男を見かけて、一目でぼうっとなっちゃったの。この人と夫婦になりたいって、舞い上がっちゃったのよねえ」

つまり、縁談はお連の側から申し入れたことだった。商いの規模でいえば格下の相手に嫁がせることにお連の親は難渋を示さぬでもなかったが、結局は可愛い娘の願いを聞き入れた。卯之助のほうも否《いな》やはなく、見合いの後にとんとん拍子で話は進み、あとは婚礼の日を待つばかりだったという。

「でもね、あの日私、お稽古の帰り道で見てしまったの」

寺の境内で卯之助が、別の女と仲睦まじい様子で歩いているのを。

実はお連も、卯之助に関する悪い噂は幾度か耳にしていた。もともとこの縁談に反対していた店の古参の女中などは、やめたほうがいいですよお嬢さん、あの男はロクデナシですとしきりに言っていたものだ。いわく、女にだらしがない、商いにはとんと不熱心で親も呆れるほどの放蕩三昧。あんな男に嫁いだって幸せになんてなれっこありませんよ、と。

「なのに私ったら、てんで信じなかったのよ」

馬鹿よねえと、お連はまるで他人事みたいに可笑しそうに言う。

あれだけ見栄えがいいのだから女が寄ってくるのは当然だし、その男が他の誰でもない自分と夫婦になると言ったのだから、むしろ誇らしくさえあった。会えば卯之助は、可愛いだの愛しいだのと甘い言葉を囁《ささや》いてくる。だから、きっと幸せになれるはずだと思っていた。

卯之助と一緒にいたのは、江戸でも美人と評判の水茶屋の看板娘であった。その場から逃げだしたお連に気づき、卯之助は追いかけてくると最初のうちこそくどくどと言い訳じみたことを言ったが、お連は首を横に振りつづけた。

「いくら世間知らずでも、そこまで馬鹿じゃなかったってことよね。女の直感てやつかしら、あの時、ぴんとわかってしまったの。──全部、嘘だったんだって。この人はあの女に惚れていて、私のことなんて何とも思っていないんだって」

頑として受け入れないお連に腹を立て、ついに卯之助は本音を口にした。

──ああそうとも、俺はあのお桟《さん》を口説いて、夫婦約束までしていたんだ。それなのに。

──たいそうな持参金つきだし、おまえのところの店と縁ができれば商いの役にも立つ。親にそう泣きつかれたから、仕方なく話を受けたのさ。

──大店《おおだな》の娘でなければ、誰がおまえなど相手にするものか。

「そこまでぶちまけちゃ、おしまいじゃないねえ。ところがあの男ときたら、破談になどできるものか、もしそんなことをすれば、恥をかくのはおまえとおまえの親だ、なんてぬけぬけと言うんですもの」

憤ろしくて悲しくて、お連は男の手を振り払って駆けだした。そうして。

「勢いあまって足を踏み外して、石段から転げ落ちて……って、あとは姐さんから聞いたとおりよ」

「言っておくが、あんただって悪いよ。箱入りにしたって、男を見る目がなさすぎたんだから」ナツが鼻を鳴らすと、「本当にね」とお連はまた他人事のように笑った。

「でも私が死んだのは、卯之助のせいだわ。おかげで金も縁もふいにしちまったんだから、いい気味だけど」

「──ほら、もういいだろ。あとはあたしが話しておくから、あんたはそろそろ消えな」

ナツにきっぱりと言われて、どうしてとお連はふくれっ面をした。

「あんたがそこでそうしてたら、いつまでも片付きゃしないじゃないか」

とたんにるいも、自分の手がすっかり止まっていたことに気づいた。ああ大変、ここにある着物を全部きちんと蔵に仕舞わなければいけないのにと、思わず腰を浮かせる。

確かに、振り袖がいつまでも娘のままだったら、畳めやしない。

「聞き分けないと、本当に冬吾に言いつけて、二度と蔵から出られないようにしてもらうからね」

「ふん、だ。わかったわよ」

渋々うなずいたところをみると、お連も九十九字屋の主には逆らえないようだ。が、すぐにニヤリとすると、素早くるいの耳元に顔を寄せた。

「あのね。退屈しているのは私だけじゃないから。気をつけたほうがいいわよ」

え、とるいが首をかしげた時には、お連の姿は消えている。中身の抜けた振り袖が、くたりと畳の上に落ちた。

(何に気をつけろっていうのかしら)

るいが目を瞬かせていると、ナツは振り袖を引き寄せて手早く畳みはじめた。

「それで話のつづきだけどね。——結局、相手の男の店はつぶれちまったのさ」

「え……」

「お連が亡くなった日、稽古先にお供をしていた女中が一部始終を見ていたんだ。男はその女中に一切を黙っていろと脅しをかけて口を噤《つぐ》ませた。まだ奉公にあがって間もない十ばかりの子供だったから、可哀想に、大の男に凄まれて震え上がっちまったんだろう」

事の次第が明らかになったのは、振り袖が九十九字屋に持ち込まれた後のことだった。一連の怪異は、幼い女中にとっては男の脅しよりも怖ろしいものであったらしい。いつも青い顔をして震えているから、どうも様子がおかしいと女中頭が問い糾《ただ》したことで、男の不実が人々の知るところとなった。

一方で卯之助のほうも相当に堪えたらしく、げっそりと窶《やつ》れて半病人のようになってしまったのだという。店の跡継ぎが日がな一日床の中で「お連がお連が」と怯えている有様で、そのうえ事情を知ったお連の親からも激しく詰《なじ》られ、さらにはこの出来事が怪談話となって面白可笑しく世間の耳目を集めたものだから、ついには商いそのものが成り立たなくなった。

そうなってようやく、気がすんだのだろう。今では振り袖も蔵の中にすっかりおさまって、怪異を引き起こすことはなくなったらしい。

「でもお連さんは、まだこうして成仏していないんでしょう？」

まだ何か未練があるのではとるいが首をかしげると、ナツはふふんと笑った。

「娘はとっくに成仏しているよ。今、あんたの前に出てきたのは、本人じゃない」

「え、でも……」

「顔だけなら、あの娘はあまり物事をはっきりと言わない、大人しげな質《たち》に見えたろう？　本当にそういう娘だったらしいよ。でも、そういう人間の心の内のほうが、実は怖いものなのさ。世間知らずで初心《うぶ》なぶん、相手に惚れるのも本気なら、裏切られて嘆くのも他の人間よりもよほど本気だからね」

だからやっぱり、未練は残ってしまったのだ。本物のお連は、胸の内に抱え込んだ黒々とした澱《おり》を、それこそ着物を脱ぎ捨てるようにこの世に置いていったのだ。

「でも幽霊じゃないのなら、さっきここにいたのは……」

「もののけさ」ナツはあっさりと言った。「娘の残した念が振り袖に取り憑いて、男に悪さした。男は自業自得とはいえ、もののけも十分面白がってしたことだろうさ」

それであんなに他人事のように笑っていたのかと、るいは合点する。陰にこもって恨みを晴らしたという口振りではなかったから、ちょっと不思議に思っていたのだ。

（もののけ、かぁ）

でもあの様子だと、自分ではすっかりお連のつもりでいるようだけど。

「これでわかっただろう」

ナツは首を竦めているるいに、うなずいてみせた。

「ここの蔵の中にあるのは、つまりはそういうモノたちなんだよ」

三

衣類を行李に詰めて、本や紙の束ももとの箱に仕舞って、座敷と蔵を何度も往復してようやく全部運び終えたら、さすがにくたびれた。片付いて空っぽになった座敷で襷《たすき》を外し、ほうっと座りこんで、そうして初めてるいはあれと思った。

（お父っつぁんたら、どこにいるのかしら）

思い返せば、昼前から作蔵の姿を見ていないのだ。あの手鏡のことで小言を言われるのが嫌で、まだどこかに隠れているのだろうか。

でももう夕七つ（午後四時）を過ぎて、あと少しすれば行灯《あんどん》に火を入れようかという時分なのに。

（お父っつぁんにしては、しおらしいわよねえ）

首をかしげていると、冬吾が蔵の品の目録を手に戻ってきた。ナツも一緒である。

「残っている品はないな」

「はい」

九十九字屋の店主は一見、風変わりな人物である。歳は三十前後。そこそこ品のよい物を身につけているが、長く伸ばした髪を後ろでひとつに括り、舶来物だという大きな黒縁の眼鏡をかけている。その目鬘《めかずら》みたいな眼鏡と、ぼさぼさと額にかかる前髪のせいで、顔の表情がよくわからない。さらに愛想がないので、初めて彼に会った者は、外見も中身もさっぱりわからない人間だと思うだろう。

今も、普段から力仕事とは縁のなさそうなひょろりとした見てくれなのに、冬吾はたいして疲れた様子もない。それでも蔵の中に品物を整理して戻すのは店主の役割であったから、それなりに埃まみれにはなったらしく、時おり着物の肩のあたりや裾を鬱陶《うっとう》しそうに手で払っている。きっと、さっさと着替えて湯屋に行きたいって思っているのね

——と、それくらいはまあ、毎日顔をあわせているるいでなくとも、わかりそうなものだ。

茶を淹れようと台所に立った時、ナツが怪訝《けげん》そうに声をかけてきた。

「そういえば、あんたのお父っつぁんはどうしたんだい？　まるきり声も聞こえないじゃないか」

「ナツさんも見かけていないんですか？」

「蔵の壁にもいなかったしね」

座敷でも蔵でもないとすると、店の中にはいないということだろうか。外へでも行ったのだろうか。作蔵一人ではたいして遠くへは行けないはずだが、それにしても。

(まるで、前に家出した時みたいじゃない)

そこまでして隠れる必要はないと思うけどと、るいが眉を寄せていると、目録を睨んでいた冬吾が「おい、茶はまだか」と横柄な声をあげた。

「すみません。すぐにお持ちします」

急いで茶の支度をして、湯呑みを盆にのせて運んでいくと、

「作蔵がどうかしたのか」

それまで話など聞いてもいない素振りだったのに、冬吾は素っ気なく言う。

「はい。お父っつぁんがいないんです」

「いない？」

昼頃から姿を見せないと聞いて、「何かあったのかい？」とナツが訊ねた。

「それが――」

るいが説明しようとした時だった。

ごとん、と何かが落ちる音が土間に響いた。

ちょうどそちらに背を向ける格好でいたるいは、何だろうと振り返って、あっと声をあげた。

（あの鏡……）

土間の床に転がっていたのは、昼間に見た手鏡であった。鏡の面を上にして、表口からの光を反射してぺかりと光っている。

でも、どうしてこれがここにあるのかしら。蔵に運んだはずなのにと、るいは目を瞬かせる。それに、入れておいたはずの箱や蓋を縛った紐はどこだろう。落ちているのは手鏡だけだ。

「お父っつぁん？」

真っ先に考えたのは、作蔵がまたぞろこの鏡を持ち出して、ここらでうっかり落っことしでもしたに違いないということだ。——まあ、なんてことだろう。お父っつぁんたら、よくよくこの手鏡が気に入ったのかしら。それにしたって、蔵の物には触らないでって言ったのに。

「もう、お父っつぁんたら！」

るいは右に左にと、あたりを見回した。すぐにも作蔵が壁のどこかから「けっ」とか何とか言いながら顔を出すはずで、そうしたら今度こそ文句を言ってやろうと思いながら。

「ちょっと、出てきてよ。いるんでしょう？」

返事はなかった。

いないわけがない。るいが小言を言うのがわかっているから、まだ隠れているんだろうか。それとも、るいをからかっているのかもしれない。

「お父っつぁん！　子供みたいな真似しないで！」

自分でもびっくりするような大声が出た。なんでだか急に、背筋がぞわっとした。

「お父っつぁん！」

（……いないはずないじゃない）

そうよ、前にケンカをした時だって、お父っつぁんがいなくなって、でも心配して捜しに行ったら、憎まれ口をききながらちゃんと戻ってきたんだから。……ちゃんと、いたんだから。

「どこよ、ねえ、お父っつぁんてば！」

どうして、とるいは思った。なんだってあたし、今こんなに、迷子になったみたいに心細い気がしているんだろう？

表口から見える空は、もう夕暮れの気配を漂わせている。戸口から入る光もだいぶ薄れたというのに、手鏡はさっきと変わらずぺかぺかと明るく輝いて見えた。

るいが土間に下りて、それを拾い上げようとしたとたん、

「待て。触るな」

冬吾が鋭い声で制した。

「え？」

動きを止めたるいの傍らを通りすぎて、店主は懐から出した布でくるむように、おの

れで手鏡を拾い上げた。

そうして深々と息をつく。

「この鏡は、今回は蔵から出していないはずなんだがな」

「え、……でも」

「なんだか妙だね」とナツ。「その鏡と、作蔵がどうかしたのかい?」

るいが昼間の手鏡の一件を告げると、冬吾は表情を硬くした。前髪の陰で、眉間に皺を寄せているようだ。

ナツは自分の頰に手を添えて、首をかしげる。

「あんたは見てなかったろうけど、あたしには見えた。その手鏡は、壁や天井からじゃない、勝手に何もないところから飛び出して下に落っこちたんだ」

「じゃあ……」

「作蔵じゃないだろう」

るいは口をぱくぱくさせた。——お父っつぁんじゃない? 鏡が勝手に何もないところから飛び出した?

ええと、それはつまり……。

「どういうことなんでしょう？」

応じたのは、冬吾のため息だった。

「十分に気をつけていたつもりだったが。たまにこういうことが起こる」

「どうやら、やんちゃをしたみたいだね」と、ナツは冬吾の手元の鏡に横目をくれた。

何もわかっていないのは、るいだけらしい。

「あの、あの……？」

「さっきも言ったように、これは虫干しには出さずに蔵の奥に封印してあった品だ。おまえが昼に座敷でこれを見たということ自体が、おかしな話なんだ」

「でもあたし、本当に――」

「嘘だとは言っていない。鏡のほうで勝手に、外に出てきたんだろう」

るいはぽかんとした。

鏡が勝手に蔵から出てくるなんて。そんなこと、あるのかしら？

（……あるのかも）

そう思ったのは、先ほどの振り袖のことが頭をよぎったからだ。家に仕舞い込まれていた振り袖が、いつの間にか相手の男の前にあらわれたりするのだから、手鏡が蔵から出てきたって不思議はないのかもしれない。いや、普通に考えれば不思議だけど、でも、そういうこともあるのだろう。

と、納得したところで、るいは大きく首を捻った。

「じゃあ、昼間にその鏡が落ちていたのも、お父っつぁんとは関係なかったのかしら」

「作蔵は今まで蔵の物に触ったことはなかったんだろ？」

ナツに言われて、るいはうなずいた。

「それは、冬吾様と約束したからって」

「だったらさ、少なくとも作蔵が箱を開けたわけじゃないと思うよ。その約束を破ったら、一番困るのはあんただって、わかっているはずだから」

――俺のせいで、るいが奉公先を追い出されるようなこたぁ、二度とあっちゃなんねえ。

作蔵がそう言っていたとナツから聞かされて、るいは一寸、言葉に詰まった。

(お父っつぁんたら、そんなことを)

いや、ほろりとしている場合ではなかった。

確かに、るいが見た時には作蔵はその場にいなかった。――でも、とるいは思う。どうして、あの時お父っつぁんはいなかったのかしら。どうして、今もいないのかしら。

「これは些《いささ》か、面倒なことになったかもしれん」と、冬吾が横を向いて、呟いた。

「面倒なこと……？」

「最初におまえが見た時、この手鏡はどこに落ちていた？」

訊かれてるいは、「そこです」とそばの壁の下を指差した。

「箱ごと畳に落ちて、はずみで紐が解けて転がりでたみたいでした」

冬吾は寸の間、黙した。しきりに前髪をかきあげるので、眉間の皺がよく見えた。

「つまり、こういうことも考えられる」やがて、店主は重々しく言った。「箱を開けたのが作蔵でなかったとしても、品物が落ちていればそれを拾い上げるくらいのことはするだろう。それこそ、自分がやったと疑われるのが嫌さに、何事もなかったように箱に仕舞おうとしたのかもしれない」

それは有り得ることなので、るいは「はい」とうなずいた。

「もしそうなら、おまえは物音がしたから座敷をのぞいたと言ったが、それはこの手鏡がもう一度作蔵の手から落ちた音だということになる」

「はあ」

だったらその前に箱ごと鏡が落ちた音もしたはずだけど、とるいは思う。でも、あの時あたし、台所で湯を沸かしていたんだった。水を汲んだり、動き回っていたから聞こえなかっただけかも……。

そんなことを考えてから、もっと大事なことに気がついた。

「あ、それじゃやっぱりお父っつぁん、あたしが座敷をのぞいたものだから、自分が疑われると思って慌てて鏡を放りだして隠れたんでしょうか⁉」

「話をそこに戻すな」

そうじゃないと、冬吾はむすっとした。

「落としたんじゃない。鏡が落ちたんだ」

「どう違うんですか」

またも一寸、冬吾が黙ったのは、言葉を選ぼうとしたからかもしれない。けれども、上手くはいかなかったようだ。

「今、作蔵の姿がないことと、この手鏡のいわくを考えれば」冬吾はひどく素っ気ない口調で言った。

「作蔵はもうここにはいない。——消えたんだ」

るいはぽかんとして、冬吾を見つめた。

(お父っつぁんが消えた?)

もういないって、どういう意味だろう。

その言葉で頭をよぎったのは、これまでるいが出会った数々の顔だった。未練を残して死んで、でも最後には納得したり諦めたりして黄泉路《よみじ》に旅立って行った人たち。るいの前から消えていった、もういない、たくさんの人たち。

とたんに、さっき感じた背筋がぞわっとするような怖さや、心細さや、切なさまでがどっと胸に押し寄せた。

「……まさか、成仏?　お父っつぁん、成仏したんですか?　それで、消えちまったってことですか?」

声が震える。

(もしお父っつぁんが、成仏しちまったのなら)

どうしよう、あたし、お父っつぁんにさよならも言わなかった。そりゃ、妖怪なんかになっちまって、いろいろ困ったお父っつぁんだったけど、それでもお父っつぁんはあたしのたった一人のお父っつぁんだったのに。ずっと、二人で生きていくんだと思っていたのに。こんなにあっさりと成仏しちまうなんて、あんまりだ。いなくなるってわかってたら、小言ばかり言ってないで、もっとお父っつぁんに優しくしてあげればよかった……。

「う……」

目の中が熱くなって、まわりの光景がぼやけた。

「う、うぅ、ふぇ……」

るいは大きく息を吸い込んだ。おいおいと声をあげて泣きだそうとした、とたん——。

「ふがっ」

ぐいと何かを口に突っ込まれて、るいは今にも涙がこぼれそうになっていた目を、白黒させた。

息が詰まりそうになりながらも、もぐもぐと口の中のものを咀嚼《そしゃく》する。

甘いし、柔らかい。あら、餡の味だ。

「美味いか？」

冬吾の無愛想な声に、うなずいた。

「……ふ、ふまいへふ」

「当然だ。江戸でも有名な播磨大黒屋《はりまだいこくや》の饅頭だ。上物にきまっている」

「その饅頭が、なんだってあんたの袂に入ってるんだい」

ナツが肘で冬吾を小突いた。

「昨日、散歩がてらに波田屋《はたや》に寄ったら、茶菓子にこれが出てきてな。美味かったので、ひとつもらってきた」

「で、それをこっそり隠していたんだね。後で一人で食べるつもりだったのかい」

子供じゃあるまいしと、ナツは呆れ顔になる。

「心外だな。うちの奉公人の分だと言って、もらってきたものだ。隠していたわけじゃない」

おや、とナツは袖で口元を覆った。

「この娘のためにかい。だったら、今日はご苦労様と言って、それらしく渡してやればいいものを」

だからあんたは気遣いの方向がずれているんだよと袖の陰でナツが笑いを嚙み殺すと、冬吾はあからさまに渋い顔をした。

「ちゃんと今こうして、食わせただろうが」

「あたしには蓋みたいに口の中に突っ込んだだけに見えたけどね」

「ここで泣かれても困る」

「そもそもあんたの言い方が悪いんだよ」

ナツはるいに向かって、首を振った。

「安心おし……と言うのもヘンだけどね。あんたのお父っつぁんは、成仏したわけじゃないだろう」

「へ？」

るいは口いっぱいの饅頭を呑み込もうとして喉を詰まらせかけ、慌てて盆の上の茶を飲み干した。

胸を叩いてどうにか落ち着くと、

「違うんですか？」

行き場を失った涙を、慌てて手の甲で拭う。

「作蔵はいることはいる。ただし、こちら側にはいないということだ」

冬吾に言われ、るいはますます首をかしげることになった。

こちら側？　じゃあ、あちら側があるのかしら。

冬吾はすでに何度目か、深いため息をついた。

「原因はこの手鏡だ。——まずは、この鏡のいわくを話そう」

その前に茶を淹れろと言われて、るいは自分が手にしていた空の湯呑みを見た。それが冬吾の茶だったことを思い出し、すみませんっと台所に素っ飛んだ。

四

日が沈めば夕暮れの空は見る間に藍色に変じ、晩秋の夜気がひやりと肌を刺した。行灯に火を入れると、冬吾は座敷に腰を下ろし、布に包んだ手鏡を膝の前に置いた。

表の戸を閉めて、るいもその前に座る。ナツはすでにいわくを知っているらしく、筧屋に用がある、後でまた来るからと店を出て行った。

「——四年前のことだ」

畳の上の手鏡に視線を据えたまま、冬吾はおもむろに語りはじめた。

ある日、一人の女がこの手鏡を持って九十九字屋にやって来た。とある商家の若お内儀《かみ》で、とよと名乗った。

こちらの店では数々の不思議な、たとえばあやかしが憑いているような品でも商いとして扱うと聞いた。代金はいらないので、この鏡をこのまま引き取ってもらいたい。とよは頭を下げて、そう言ったという。

鏡にあやかしが憑いているのかと問えば、わからないと答えた。

何かこの鏡にまつわる因縁でもあるのかと訊くと、それは知らないと言った。

特に禍《わざわい》を引き寄せるものではない。これのせいで誰かが不幸になったということでもない。それでも。

――ただただ、不思議としか言いようのないものなのです。

古い品なので箱も台もありませんがと断って、とよは袱紗《ふくさ》に包んでいたそれを取りだし冬吾に見せた。

一見したところでは、確かにそれは古びた、どこにでもありそうな鏡だった。凝った細工がされているわけでもない。それでも磨いだばかりであったのか、鏡面はまるでうっすらと光を帯びたかのように、鮮明にそこにあるものを映しだしていた。

磨いだわけではないと、とよは言った。この鏡を手に入れてから、一度も鏡磨《かがみと》ぎに出したことはない。なのに曇りもしないのです、と。

けれども、不思議なのはそのことではない。

――ご覧ください。

とよは鏡の柄を握って自分の顔を映し、冬吾からもそれが見えるように身体の位置をずらした。

最初は意味がわからなかった。冬吾は鏡の面に目を凝らしたが、そこにはとよの顔があるだけである。首をかしげていると、向かって右側の耳を見てくれと、とよは言う。

――ホクロがございますでしょう。

確かに、鏡に映る彼女の右の耳たぶには、賽《さい》の目のように三つ並んだ小さなホクロがあった。

次いでとよは、自分の左耳に指を添えた。

――おわかりになりますか。

「そこにも、同じようにホクロが三つ並んでいた」

「はあ」

冬吾の言葉に、るいはきょとんとする。

（ええと、本人の左の耳たぶにホクロがあるんだから）

鏡の中では当然、向かって左側にホクロが映っているはずである。……それが、右側？

「え、どういうことですか？」

「さすがの私も、おやと思ったものだ」冬吾は肩をすくめた。

なるほどこれは不思議なことだと冬吾が認めると、とよは鏡を下ろして丁寧にまた袱紗に包み、そっと自分の膝の上に置いたという。むしろ大切な道具を扱うようで、その所作に怯えは感じられなかった。

――この手鏡は、わたしが子供の時から使っていたものです。嫁ぎ先にも持ってまいりまして、つい先頃まで自分の鏡といえばこれひとつでした。

ですからと、とよは言ったらしい。

――わたしはこれまでずっと、ここに映っているのが自分だとばかり思って、疑いもしておりませんでした。

そして、こうも言った。

――きっと、鏡の中のこの女も、そうだったのでしょうね。

その手鏡を、いつからどうして自分が持っていたのか、とよは覚えていなかった。確かなのは、まだ肩上げもとれぬ子供の頃から、鏡は当たり前のように手元にあったということだ。

とよは物心もつかぬうちに母親を亡くし、家族は父親と兄たちばかりという男所帯で育った。家は唐傘《からかさ》提灯《ちょうちん》を扱う商いで、出入りするのも男の職人ばかり、女は内を切り盛りするのに年老いた女中が一人いるきりであった。

男というのはどうも、女が持つ細々とした品には目が向かないものらしい。とよの身内は輪をかけてそうであったようで、手鏡がもとは誰の持ち物だったのかと訊いても、皆して無頓着に首を捻るばかりだった。

きっとおっ母さんの持ち物だろうと言ったのは、年の離れた一番上の兄である。おっ母さんが自分が死ぬ前に、娘のおまえに譲ったものに違いない。

後で考えると兄はその場の思いつきで言ったにすぎなかったのだろうが、母親の形見と聞けば、とよがそれを疑う理由はなかった。

以来、手鏡はとよにとって宝物となった。顔も覚えていないおっ母さんを偲ぶ品なのだし、何よりとよはその鏡がたいそう気に入っていたのだ。

鏡は磨がなければ曇るというが、とよの鏡は一度も曇ったことがなかった。曇るのはきっと、安っぽい鏡なのだろうと、とよは思っていた。自分の鏡はとびきり上等の品だ。いつまでもこんなに綺麗に光って、なんでもはっきりと映してくれるのだから。もしかしたら、遠い異国から渡ってきたものかもしれない。

だが、とよは他人に自分の鏡を自慢することはしなかった。一度、苦い思いをしたことがあったからだ。

手習い所で仲良しだった、おのぶという子に「おっ母さんの形見の品」の話をすると、見たいとせがまれた。それで翌日、手鏡を持ち出して手習い所の帰り道でおのぶに見せたのだが、どういうわけかおのぶは鏡をのぞき込んだとたんに、大声で泣きだした。嫌だ怖い、気味が悪いと泣きつづけるので、とよはすっかり腹を立てて、おのぶを置いてそのまま家に帰ってしまった。

次の日からおのぶはとよに寄りつかなくなったし、とよのほうでもおのぶに声をかけることはしなかった。それきり二人は疎遠になり、手習いに通う年齢を過ぎれば顔をあわせることもなくなった。

これとて後になって思えば、おのぶが手鏡を見て泣きだした理由を、とよはきちんと聞いておくべきだったのだ。おのぶは時々、一緒に遊んでいる時などに、誰もいないはずの場所を見て、きゃっと悲鳴をあげたり顔を青くすることがあった。ヘンなの、おのぶちゃんておかしな子だわと、それくらいにしかとよは思っていなかったが、もしかするとおのぶには、とよや他の人間には見えない何かがそこに見えていたのかもしれない。だとしたら――おのぶは鏡をのぞいて、何を見たのだろう。おのぶの目には何がそれほど、怖くて気味が悪かったのだろう。

なんにせよ、その一件でとよは懲りた。自分の宝物を悪く言われるのは悔しいし、悲しい。だから二度と、手鏡を他人に見せようとは思わなかった。そのうち、世間には他人の大切な物を妬んで悪し様《あざま》に言う者もいるということがわかる年齢になると、いっそう頑なに鏡のことは誰にも言わぬようにした。

やがて娘盛りになり、自分で髪を結い身支度をする年頃になると、とよにとって手鏡は母の形見という意味だけではなく、道具としても大切な物となった。鏡には台がなかったので、古道具屋でちょうどいい台を見繕って、それに立てかけて使えるようにもした。

おかしなことに、とよには他の鏡を使った記憶が一度もない。家にとよの手鏡ひとつきりしかなかったせいもある。しかしとよは、よそで別の鏡を見る機会があったとしても、無意識に目を逸らせて、けしてそこにおのれの顔を映すことはしなかった。どうしてかはわからない。ただ、そうする気になれなかったのである。そのことを、奇妙だとも思っていなかった。

縁あって市中の商家に嫁いでからもそれはかわらず、とよは嫁入り道具として持ってきた手鏡だけを愛用しつづけた。

だから、気づかなかったのだ。

――鏡に映る自分の顔が、自分そっくりの他人であることに。

「おのぶという子は、その鏡をのぞいて何を見たんでしょう」

そこまでの話を聞いて、るいは首をかしげた。何が起こってとよが手鏡の怪異に気づいたのか、話のつづきが知りたいのは山々だが、手鏡を見て泣きだしたというおのぶのことが真っ先にひっかかって、ついつい口をはさんでしまった。

おのぶはきっと、るいと同じだ。死んだ後にもこの世に居続ける者たちの気配や姿が、見えてしまう子だったのだろう。けれども他人には幽霊など見えないこともよく知っていて、懸命に黙っていたのだ。口にすれば大人たちに叱られるか奇異な目を向けられる、そのことが身に沁みてわかっていたから。そこもやっぱり、るいと同じだ。

ひとつ違うとすれば、おのぶにとっておそらく死者は怖いモノだったということだろう。るいのほうは、作蔵がぬりかべになってからというもの、幽霊なんてたいそうなモノでもない、少なくとも壁じゃなくて人間の姿をしているのだからと、すっかり達観してしまったのだが。

(気持ちはわかるわよねぇ)

おのぶは、今はどうしているのだろう。今でも幽霊が怖いのだろうか。見えなくてもよいものが見えるせいで、苦労などしていなきゃいいけど……と、話にちょっと名前が出てきた程度の相手に、すっかり感情移入して、ため息までついてしまうるいである。

「怖くて気味の悪い何か、だ。鏡に何かが映っていたのかもしれないし、鏡そのものが泣くほど怖ろしいものに感じられたのかもしれない」

今となっては知るすべもないと、冬吾は小さく鼻を鳴らした。

「……でも、あたしが見た時には怖ろしいことなんて何もなかったけど」

「あやかしだとて、化かす相手は選ぶだろう。おまえみたいに図太い奴は、鏡のほうで御免こうむるということじゃないか？」

「え、あたし、図太いですか？」

「小娘にしては肝が太いというか、能天気というか大雑把というか、動く前にもう少し頭を使って考えろというか」

「……もういいです」

そこまで言わなくてもいいのにとるいが口を尖らせると、どこかでぷっと噴き出すような声がした。

慌てて見回すと、二階の冬吾の部屋に繋がる階段の半ばに、いつもの三毛猫がすまして座っている。でも猫が笑うわけないしと、るいは小首をかしげた。そういえばこの子、今日は朝から見かけなかったけど、どこにいたのかしら。

「――嫁いで三年目に、とよに子が生まれたそうだ」

冬吾が話のつづきを切り出したので、るいは背筋を伸ばして聞き入った。

子供は男の子で、勝太郎《かったろう》と名付けられた。一年目二年目と子供が授からず、そろそろ気が揉めていた矢先にできた子であるから、とよの喜びもひとしおだった。夫も義父母も勝太郎を可愛がり、日々は翳《かげ》りなくそのまま幸せにつづいていくものと思われた。

──最初に妙だと感じたのは、勝太郎が二歳の時でした。

昨日まで膝にまとわりついて甘えていた勝太郎が、次の日からはとよに寄りつかなくなったのだという。声をかけると、身を硬くして怖々《こわごわ》ととよを見る。近づくと、夫や義父母にしがみついて、その陰に隠れてしまう。無理にでも抱き上げれば、火がついたように泣きだして、母親の腕から逃れようと身を捩《よじ》った。

勝太郎はもともと人見知りのする子で、見知らぬ他人に対してよくそのような反応をすることがあったが、とよは母親である。これはどうしたことかと、とよも周囲の者たちも困惑した。

──そんなことが、三ヶ月ばかりもつづきました。

その間は本当に辛かったと、その時ばかりは冬吾に語るとよの声も震えていたらしい。母であるのに我が子に怯えられ嫌われ、触れることもできない。次第にとよは気鬱《きうつ》になって、ついには床に伏してしまった。

けれどもある日突然、それは終わった。勝太郎は何事もなかったようにまた、母親に甘えるようになった。それどころか、今度は片時もとよから離れず、姿が見えないと泣きだすほどだった。

——ああよかったと、思いました。夫は疳《かん》の虫に違いないからと息子のために医師を何人も引っぱってくるし、義母などは何か悪いモノが憑いたのではないかと近所の寺に度々足を運ぶ有様でしたから……。

過ぎてみればそういうことも笑い話となった。とよの気鬱も晴れた。

ところがである。

半年ほど経って、また同じことが起こった。勝太郎がとよを怖がりはじめたのだ。そしてやはり、三ヶ月もするともとに戻った。

その繰り返しが、翌年もつづいた。なに勝太郎も成長すればこんなことはなくなるだろうと周囲に慰められても、とよには合点がいかなかった。いくら考えても、わけがわからなかった。

——幼子というのは、不思議なものですね。時に、大人などよりもよほど物事をよく見ている。理由がわかってみれば、あの子は、勝太郎は、本当に人見知りをしていたのです。

——わたしという、母親の顔をした赤の他人に。

とよがすべてを理解したのは、勝太郎が三つの年の冬だった。

その時も、勝太郎はとよには近づかなくなっていた。さすがにとよも馴れて、最初のように取り乱すことはなくなった。ああまたかと思い、けれども気分が鬱々としてくるのはどうしようもない。

気晴らしに外に出ようかと手鏡の前で身支度を整えていると、襖《ふすま》の陰に隠れて睨むようにこちらをうかがっていた勝太郎が、ふいにとことこと寄ってきた。そうしてとよの肩越しに鏡を見て、「かあちゃ」と言った。

――わたしにではありませんでした。鏡に映った顔に向かって、そう呼んだのです。

一般に男の子は口が遅いというが、勝太郎もようよう言葉を覚えて、舌が回らぬながらもしゃべるようになった頃だ。「かあちゃ、かあちゃ」と呼ぶからとよが行くと、するりと逃げる。そうしてとよを素通りして、また「かあちゃ」とあたりを探しまわるような素振りを見せた。

この子はわたしを母親だと思っていないのだと、とよは気づいた。では誰を？　幼い息子は一体、誰を「かあちゃ」と呼んで探しているのだ？

なぜ。

今、こうして目の前にいるわたしではなく、鏡の中に向かって、この子は「かあちや」と呼びかけたのか。

　とよが振り向き、「勝太郎」と声をかけると、子供はびくりと身を竦ませた。とよを見て、泣きそうな顔になる。そのままパッと逃げだそうとするのを、とっさに手を伸ばし肩を掴んで、自分のほうを向かせた。

「どうしたの。かあちゃは、ここにいるよ」

　違う、と勝太郎はいやいやするように首を振った。違う、違う、違う。

　自分でもわけのわからぬ不安と焦燥感にかられて、とよは息子を強引に引き寄せ、顔をのぞき込んだ。

　とたん、怯えた子供は手を振り回して暴れ、とよの顔を引っ掻いた。ハッとしてとよが手を離すと、勝太郎は泣きながら逃げていった。

　残されたとよは、しばらく呆然とそこに座り込んでいた。引っ掻かれたのは右頰だ。幼子の力ゆえたいした傷ではなかったが、それでもちりちりとひりつく。とよの胸の痛みと同じように。

　のろのろと鏡をのぞくと、頰に一筋、二筋うっすらと血が滲んでいた。大きく息を吐き、とよは指で傷に触れようとして。

　――その時に気づいたのです。

　鏡の中の自分の顔。引っ掻き傷は向かって左側の頬についていた。

　まるで、そっくり同じ顔の女が、そろって右頬に傷をつくって向かい合えば、そうなるように。

　けれどもそんな馬鹿なことがあるわけがない。実際、痛むのは右側だ。傷があるのは右の頬だ。とよが何度も指でなぞって確かめると、鏡の自分も同じようにおのれの右頬を撫でる。つまり、鏡のこちら側にいるとよとは反対の頬を。

　その瞬間、とよの背筋を冷たいものが走った。

　違う。違う、違う。先ほどの勝太郎のように、とよは首を振った。

　これはわたしではない。鏡の向こうにいるのは、わたしではない。わたしと同じ顔をした、別人だ。

　この女を、勝太郎は「かあちゃ」と呼んだのだ。

　――その後のことは、よく覚えておりません。頭の中が真っ白になって、転がるように部屋を飛び出したのだろうと思います。気がつくとわたしは、義母の部屋で、そこにあった鏡を摑んで座りこんでおりました。

物音を聞きつけて、義母が部屋に入ってきた。とよの引っ掻き傷を見てどうしたのかと訊ねたが、とよは何でもないと首を振った。

義母の鏡はとよのありのままを映しだしていた。右頬の傷もそのままに。そして、もうひとつ——。

とよは義母に、自分の耳たぶにホクロが三つあるが、それは右耳ですか左耳ですかと訊いた。義母は怪訝な顔をして、左耳だと答えた。

——わたしは義母の鏡を見るまで、このホクロは自分の右耳にあるのだとばかり思っておりました。

これまでずっと、とよの手鏡には、そのように映っていたのだから。

「それから数日の間、とよはとっかえひっかえ、鏡という鏡に自分の顔を映してみたそうだ」

そこでいったん言葉を切って、冬吾は湯呑みを手にとった。底に残っていた茶を飲み干すと、火鉢の上の鉄瓶に手を伸ばす。熱い湯をじかに湯呑みに注いだ。

るいもそれにならったのは、今聞いている話と、晩秋の冷気のせいで指先からひやひやと寒くなっていたからだ。行灯の火の色だけでは心許ない。湯気のたつ湯呑みを両手でくるむように持つと、じんわりと伝わってくる熱にほっと息をついた。

湯を一口飲み、強張った肩をほぐすように揺らしてから、「とよは」と冬吾は言葉を継いだ。

家中どころか知人の家や道具屋にまで行って鏡をのぞき込むおのれの姿は、さぞや奇態であったろうと、とよは言ったらしい。

しかし彼女は、事の次第を誰にも打ち明けなかった。夫をはじめ周囲の者が困惑しているのはわかっていたが、ヘタなことを口にすれば、気が触れたとでも思われるのがオチである。

それに、とよ自身が混乱していた。まわりに気を遣う心の余裕などなかった。

――実際がところ何が起こっているのか。わたしは考えました。考えて考えて、寝ることも食べることも忘れて考えつづけて、ついに、ああそうかと思い至ったのです。

到底信じられないことだが、その答えしかない。それならば、息子の異変も辻褄があう。

――この鏡は、端からわたしを映してなどいなかった。鏡の向こう側にはもう一人のわたしそっくりの女がいて、それはまるで窓からお互いをのぞき見るように、二人が向き合って相手の顔を見ていたのではないか。そうだったに違いないと。

——そうして、わたしたちは、

わたしたち。とよと、その女は。

——手鏡をはさんでこちらとあちらで、時おり入れ替わっていたのでございますよ。

「入れ替わって……?」

るいは束の間、目を瞬かせた。それから「ええっ?」と、手にしていた湯呑みを落っことしそうになるほど驚いた。

「え、どういう意味ですか? 鏡のこちらとあちらで入れ替わるって……っ?」

そのままの意味だと、冬吾は素っ気なく応じた。

「とよの言葉どおり、鏡をはさんで二人の女がいたと考えてみろ。鏡の向こうの女もまた、同じようにとよの顔を鏡に映った自分だと思い込んでいたとしたら。——そして、鏡がつなぐこちら側とあちら側、そこを二人が知らずに互いに行き来していたとしたら」

「ええと……」

るいは頭を抱えた。

（そんなことって）

「じゃ、じゃあ、鏡の向こうにも人が住んで暮らしてるってことですか？　あちら側にも江戸の市内があって、公方様《くぼうさま》がおられて、それどころか上方もあって、ええとそれから、大川《おおかわ》の川開きには両国《りょうごく》で花火があがったり、みんなでお伊勢参りに行ったりもしてるんですかっ？」

「……そういうことになるが、そこまで具体的に考えなくてもいい」

例えるにしてもなぜ花火や伊勢参りなんだという店主の呟きは聞き流して、るいは眉を寄せて懸命に考えつづけた。

そりゃ、鏡の中なんだから何でもこっちとそっくり同じってのは、当たり前だ。本人もそっくり同じなんだし。きっと暦とか時刻も同じなんだろう。問題は、鏡の向こうに「あちら側」なんてものが本当にあるのかということだが、それを言っては話が先に進まない。

（……まあ、いいか）

うん、わかった。いや、わかったわけじゃないけど、とにかく「あちら側」はあるのだ。そこはもう納得しよう。よし。

大きくうなずいてから、るいはそのまま首をかしげた。

「なんか、ややこしいんですけど。つまり、とよさんはもともとこちらの人だったのに、鏡のことを知った時にはあちら側にいたということですか」

「そうなのだろうな。少なくとも、我が子が懐かないのは、そこが彼女のいるべき側ではなかったからだ」

誰も、本人たちですら入れ替わっていることに気づかない中で、勝太郎だけが気がついた。

「おのれを産んだ母親のことだからか、幼子の曇りのない目ゆえか。勝太郎には、入れ替わったとよが自分の母ではないということが、わかっていたんだ」

勝太郎にしてみれば、母親が突然目の前からいなくなってしまったようなものだろう。だから、「かあちゃ、かあちゃ」と家の中を探し回っていたのだ。

そして、手鏡の中に、母親を見つけた。

「勝太郎がとよを避けていたのは、三ヶ月ほどの間だ。もとに戻ってから半年経って、また同じことを繰り返した。そう考えると、年に一度か二度は、とよと相手の女が入れ替わっていたことになる」

「……もしかすると、とよさんが子供の頃から、ずっとそうだったんでしょうか？」

おそらくと、冬吾はうなずく。

「よくよく思い返せば、とよも違和感をおぼえることは度々あったらしい。家の中の家具の配置がある時いきなり変わっていたり、確かに抽斗《ひきだし》にしまったと思っていた物が他の場所から見つかったり、そういう些細な事が先日までの記憶と違っていたということがな。他人としたはずの会話をその相手が覚えていなかったり、逆に自分が行ったこともない場所のこと、してもいない約束のことを誰かに言われて驚いたということも、何度もあったそうだ」

――昔からよく、思い違いの多いうっかり者だと、家族には笑われておりました。

とよは、そう言っていたという。だから、自分でもすっかり馴れてしまって、何かおかしなことがあっても「ああまたうっかり、思い違いをしてしまった」としか思わなくなっていたと。実際、それで本気で困るようなことは何も起こらなかったからだ。

――今ならわかります。わたしの思い違いなどではありませんでした。

あちらとこちらとではやはり、日常のささやかなことが少しずつ違っていて、そのせいで入れ替わるたびに違和感が生じたのだ。むしろ当然のことだった。

「それで、とよさんはどうしたんですか？」

るいは畳の上に置かれた鏡をちらちらと見ながら、訊ねた。手鏡は布にくるまれたまま、しんと静かにそこにある。人間ならばさしずめ、素知らぬ顔といったところだろう。

(この鏡って、一体何なのかしら)

妖怪？　誰かの念の憑いたモノ？　昼間に見たお連のようなもののけだろうか？　何の理由で目的で、あちらだとかこちらだとか、人間が入れ替わるとか、そんなおかしなことを引き起こしたものだろう。

理由なんてないのかもしれないと、るいはすぐに思いなおした。理屈や筋の通ることならば、人はたいがいそれを『不思議』とは呼ばないものだ。

ふと、昼間にお連が言っていた言葉が頭に浮かんだ。

——退屈しているのは私だけじゃないから。気をつけたほうがいいわよ。

あれはこういうことだったのかもと、るいは思う。

(退屈かあ。なるほど)

だから、きっと目的だってありゃしないのだ。そうしたいから、そうした。生き物が息をするみたいに、そういう存在だからそうした。それだけのことだ。

鏡はいつの間にか手元にあったというのだから、とよとは何某《なにがし》かの因縁はあったのかもしれないけど、他ならぬとよ本人が何も知らないと言っている。

「とよもさすがに怖くなって、手鏡を手放すことにしたそうだ」

冬吾は首筋に手をやって、やれやれと揉むような仕草をした。

だからとよは手鏡を九十九字屋に持ち込んだ、それでこの話は終《しま》い——ということになるのかと思ったら、まだ先があった。

鏡を手放す前に、とよにはもうひとつ、やらなければならないことがあったのだ。


家の者が寝静まった夜中に、とよは自分の手鏡を持ってそっと寝所を抜けだした。夫が目をさますのではないか、誰かに気づかれるのではないかとひやひやしながら、足音を忍ばせて裏庭に出た。

その夜は満月で、頭上にはそれこそ鏡のような月が丸く大きく浮かんでいた。地面にくっきりと影が落ちるほど、あたりは明るい。

庭の片隅にある物置の陰に隠れるように座りこむと、とよは息を深く吸って、吐いた。

一瞬だけ、自分がひどく馬鹿げたことをしているのではないかという思いがちらと頭をかすめたが、それを振り払って、手鏡の柄を握りしめた。

この数日、手に取ることをしなかった鏡だ。こうなる前は毎日見ていたのに。

毎日、会っていたのに。

意を決して、えいっと鏡の面をのぞき込むと、そこにとよと同じ顔の女が映った。

女はひどく青ざめて見えた。月の光のせいではあるまいと、とよは思う。少し窶れて、困惑した表情をしている。多分、今のとよと同じように。

「ねえ、あんた――」

とよは声が震えないように気をつけながら、鏡に向かって囁いた。

「あんたももう、わかっているんでしょう？」

女は小刻みにうなずいた。とよが話しかけながら、我知らずしていた仕草を真似て。

「わたしたちもう、こんなことはやめないといけない。わたしたちの子供のためにね」

女はまた、うなずいた。

「こちらにいる勝太郎は、あんたの子よ。あんたがお腹を痛めて産んだ子。あんたに返すわ。だから、そちらにいる勝太郎をわたしに返してちょうだいな」

そして二度と、お互いにこの鏡を見ることはすまい。手鏡を手放して、一切何もなかったように忘れて、生きていこう。

そう言って相手を見つめると、女もまた見つめ返してくる。否《いな》はないようだった。

ほっと息をついたとたん、とよは針先で胸を突かれるような痛みを感じた。

「だけど、寂しいわね」

思わず、言葉がこぼれた。

「あんたとは、子供の頃からのつきあいだもの」

嬉しい時も悲しい時も、鏡を見れば女は、もう一人のとよはそこにいた。同じように頬を上気させていたし、泣きっ面をしていた。いつでも同じことをして、同じ想いを分けあった。子供の時から、ずっとそうだったのだ。

「さよなら」

さよならと、あちら側のとよも言った。少し悲しそうに目を見開いて。そうしてこちらのとよに向かって、微笑んだ。

「じゃあ、とよさんは――」

るいが目を丸くして訊くと、

「翌日から勝太郎は、何事もなかったようにとよに甘えるようになった。以来、二度ととよを避けることはなくなったそうだ」

つまりこちら側に戻ってきたということだと、冬吾はうなずいた。

とよも、その夜から一度も手鏡を見ることはなかったという。手放すといっても捨てるわけにもいかないから、鏡をどうしたものかと思案している時に、客が店先で語った四方山話《よもやまばなし》を小耳にはさんだ。怪談好きの客で、その話の中に九十九字屋の名が出てきたらしい。

「この店って、そんなに有名なんですか」

だったらもうちょっと繁盛してもよさそうなものだけどと、るいは思ったが、

「知る人ぞ知るといったところだ」冬吾はどうでもよさげに応じた。「あやかしに係わり『不思議』を目の当たりにした者は、そのつながりでこの店の名を知ることが多い。そのうえで本当に助けが必要であれば、そういう者たちは様々な方法でこの店を探しだそうとする。——そして、ここにやって来る」

九十九字屋は六間堀の堀端から角をひとつ曲がった路地奥という、わかりにくい場所

にある。目で見てわかりにくいばかりではない。まるで目眩《めくら》ましの術にでもかかったように、あやかしと無縁の人間には、店そのものがそこにあっても見えないらしいのだ。冬吾は、人は見る気のない物は見ようとしないからだと言うが、なるほど何も知らない人間は、店の看板が目の前にあっても気づかず素通りしていく。たまさか店を知っていても用のない者は、角を折れる手前で何やら嫌な心持ちがするらしく、やはり路地の奥までは入ってこない。

妖怪を父親に持つるいには端からこの店が見えていたから、「見えない」ということのほうがピンとこないのだが、店に滅多に客の出入りがないことを考えれば、なるほどねと納得せざるをえない。

九十九字屋にこの手鏡を持ち込んで以来、とよは二度と店を訪れることはなかった。だから今は、日々を平穏に生きているのだろうと、冬吾は言った。

(本当に、『不思議』だわ)

もし勝太郎がいなかったら……と、るいはふと思う。

彼女は今も、何も知らずにこちらとあちらの両方を行き来していたのだろうか。

こちらとあちら。入れ替わっても本人はささやかな違和感しか感じないくらい、あちらも普通の世界なのだ。大川の川開きには花火があがって、皆がお伊勢参りをしたりするのだ。でもこちら側の人はこちらしかないと思っているし、あちら側の人はあちらしかないと思っているから、とよ本人ですら入れ替わってもわからなかった。もしもるいがとよと知り合いだったとしても、ある日突然とよがもう一方のとよになっていても、やっぱり気がつかなかったに違いない……。

そんなことを思うと、妙な気分になってくる。

もしかしたら、とよだけではないのかもしれない。他にもあちらと行き来している人は、この世のどこかに何人もいるのかもしれない。自分では、そうとはまったくわからぬうちに。

(もしかしたら、あたしだって)

いつの間にかあちらとこちらが入れ替わっていたら、どうしよう。もしあたしが、今もそのことに全然気がついていないだけなのだとしたら。

(……でもあっちでもこっちでも、どのみちお父っつぁんのことで苦労していることにかわりはなさそうね)

そこで思い出した。

「あのう、冬吾様。——それで、あたしのお父っつぁんは一体、どうなっちまったんです？」

冬吾は寸の間るいを見返して、ため息をついた。

「だから、鏡のあちら側にいるのだろう」

まあ、手鏡のいわくを聞いた後だから、その返事もすんなりうなずける。

もしかすると、とよと同じような者はこの世のどこかに他にもいるのかも……などと、呑気に考えている場合ではなかった。どこか、どころかすぐそばにいた。しかも身内だ。

「でも、いなくなるってのは、おかしかありませんか？　鏡のこちらとあちらで、入れ替わるものなんじゃ……？」

「そうともかぎらんということだ」

「あっさり言わないでくださいよぅ」

「この状況なら、そう言うしかないだろう」

「じゃ、どうすりゃいいんですか？　お父っつぁんが入れ替わったならまだしも、あっちに行ったきりってことになったら」

冬吾は片手でぼさぼさと髪を引っ掻き回すと、「さて」と呟いた。

「今は考えても対処の方法が思い浮かばん。作蔵がいる場所はわかっているのだから、慌てることもなかろう。差し迫って危険というわけでもないだろうしな。どうするか考えるのは、明日だ」

今日のところはもう腹が減ったし、ぐずぐずしていると湯屋が閉まると、冬吾は立ち上がった。その背中に、るいはそんなぁと声をあげたが、確かにさっきから腹の虫がぐうぐう騒いでいる。冬吾の言葉ももっともだと、不承不承、うなずいた。

五

筧屋に帰って夕飯を食べ、湯屋で熱い湯につかってさっぱりしたものの、今夜は到底眠れそうにないとるいは思った。

どうしよう。お父っつぁんがこのまま、こっちに戻ってこられなかったら。いくらあちらにいるったって、こちらであたしがいよいよ一人ぼっちになっちまうことに、かわりはないじゃないの。

そう考えては、しきりにため息をついていたるいだが、床について目を閉じたとたん、ことんと夢も見ずに寝てしまった。

で、翌朝。夜具を払って飛び起きると、るいは「そうだ」とぽんと手を打った。

何も難しく考える必要なんてないわ、お父っつぁんを鏡から引っぱり出せばいいだけのことなんだから。

手早く身支度を調え、朝飯をかき込んで、るいは筧屋を飛び出した。

「冬吾様！」

息を切らせて店の勝手口から中に飛び込み、階段の下で声を張り上げると、ほどなく二階から冬吾が欠伸《あくび》をしながら下りてきた。手には本の束を持っている。

「なんだ、騒々しい」

まだ表の戸も開けてないじゃないかと不機嫌に言われ、るいは慌てて土間に降りた。ガタガタと音をたてて戸板と雨戸を開けながら、

「何か方法は見つかりましたかっ？」

「昨日の今朝で見つかると思うか」

冬吾は手にしていた本を振って見せた。表紙に呪法やら召喚なんたらやら、失せ物探しやらと書いてある。最後のはちょっと違うような気がするが。

「これから調べるところだ」

「だったら、あたし、良い方法を思いつきました！」

「良い方法？」

「手鏡を貸してください」

露骨に疑わしげな表情の冬吾から手鏡を受け取って、るいは畳に腰を下ろした。

布を取り去って鏡の面をのぞき込むと、るいの顔が映った。その肩越しに、同じ部屋の様子が見てとれる。

「冬吾様。あちらにも、九十九字屋はありますよね」

あちらがこちらとそっくり同じ場所なら、九十九字屋だって必ずあるはずだ。そうして、とよと同じように、鏡の中にいた女も手鏡をこの店に持ち込んだに違いないのだ。

「だったら、どうなんだ？」

「あたしが今見ているのは、あっちの九十九字屋じゃないでしょうか」

この鏡の中にあるのは、あちら側の景色だ。きっとそうだ。

冬吾は一瞬、黙り込んだ。それからひとつ、息をついて、

「鏡にこちらが映っているだけだとは思わんのか」

「思いません。だってお父っつぁんは、この鏡の向こうにいるんだもの」

「……何の根拠にもなっていないが」

冬吾の呆れた声にはかまわず、るいは手鏡の柄を握りしめた。大きく息を吸い込む。

鏡に向かって、あらんかぎりの大声で、怒鳴った。

「ちょっと、お父っつぁんっ！　いるんでしょ！　お父っつぁんの居場所はそっちじゃないんだから！　とっとと、こっちに戻ってきなさいよ――っ!!」

最後のほうは力みすぎたせいで声が裏返り、自分の耳にもキンキン響いた。ふんと鼻息を荒くしたまま、るいは手鏡を壁に向ける。

ぐるぐるとその辺りの壁を鏡で映していると、

「おい」

冬吾が耳にあてていた手を下ろして、唸った。手にしていたはずの本が、足下に落ちている。さらにその傍らでは、ちょうど外から入ってきたところらしい三毛猫が、尻尾の毛を逆立てて硬直していた。

「それのどこが『良い方法』なんだ……？」

「あ、はい。こうやって家中の壁を映して回れば、どこかにお父っつぁんがいるのが見えると思うんです。それであたし、とよさんの話で考えてみたんですけど、鏡をはさんでこちらとあちらがあるということをお互いにちゃんとわかっていれば、行き来がしやすくなるんじゃないかって」

とよは、最後は自分の意思でこちら側に戻ってきた。それはあちら側と、あちら側にいるもう一人の女の存在に気づいたからだ。

「お父っつぁんは、もしかしたら自分があちら側にいることに気づいてないかもしれないし。声をかければ帰り道がわかって、顔を出すと思うんです」

それで鏡に怒鳴っていたのかと、冬吾はぶつぶつと呟く。

「まったくの考えなしでもないが、どうしてこう、やることが力技なんだ」と、これは傍らの三毛猫に言ったらしい。

(いないなぁ)

部屋の方々の壁を映してみたが、作蔵の姿はない。

(この部屋にはいないのかしら)

だったら、蔵の壁のほうかしら。外に出ようと腰を浮かしかけ、でも念のためにもう一度お父っつぁんを呼んでみようと、るいは手鏡の柄を握りなおした。

鏡の中に目を凝らして、大きくまた息を吸った。――その時。

『ちょいと、やめなよ！　目の前でさっきみたいな大声出されたら、こっちの耳が破けちまうよ！』

憤慨《ふんがい》した声に、るいは出かかっていた言葉を呑み込んで、目を丸くした。

思わずあたりを見回して、もう一度まじまじと鏡を見つめた。

『そんなに驚くことないでしょ』

間違いない。

鏡に映ったるいの顔が、ぷっと頰を膨らませていた。こっちの自分はそんな顔をしていないのに。

「驚くわよ」るいは、やっとのことで言った。「あんた、話ができるの？」

『あたしだって、あんたの声を聞いた時は仰天したけどね。大声ってだけじゃなくて』

るいは目を瞬かせると、冬吾を振り返った。九十九字屋の店主は顎をしゃくって、先をつづけろと促した。

あらためて、るいは鏡の自分と向き合った。すごいわ、と思う。あたし、あちら側のあたしと話をしてる。へぇ、あたしってこんな声なんだ。自分じゃわからないものね。

「でも、とよさんの話じゃ、相手の女はしゃべったりしなかったもの」

『じゃあ、あんたもこの手鏡のことは全部もう聞いたのね』

「聞いたわよ。冬吾様から」

『あたしも冬吾様から』

あちら側の冬吾様、か。そりゃもちろん、鏡の向こうに九十九字屋があって、あたしもいるんだから、冬吾様もいて当たり前だけど。

るいの中で好奇心の虫が、うずうずと騒いだ。

「……ねえ、そっちの冬吾様も威張りんぼ？」

鏡に顔を寄せて囁くと、相手も同じようにしてうなずいた。

『愛想なしだし。横柄だし』

「いっつも不機嫌そうだし」

『そうそう。……でも』

「うん。でも」

本当は優しいのよね。

言葉にせずとも互いに言いたいことはわかって、一緒にぷっと噴き出した。

とたん、背中のほうで咳払いが聞こえて、るいは首を竦めた。あちらも同様らしく、鏡の中のるいも「しまった」という顔で小さく舌を出す。

そういえばおしゃべりをしている場合じゃなかったわと、るいは急いで用件を切り出した。

「ええと、それでね。──こっちのお父っつぁん、そこにいる？」

『いるわよ』鏡の中から、いかにもげっそりした声が返った。『おかげで、こっちはお父っつぁんが二人になっちまったわ』

そうして聞いたところによれば、あちらでも昨日は蔵の虫干しをしていた。茶を淹れようと寸の間目を離した隙に、手鏡の入った箱が畳の上に落ちていた。──そこまでは、同じだ。

『鏡を箱に仕舞って、てっきりお父っつぁんの仕業《しわざ》だと思ったから文句を言おうとしたら、お父っつぁんが二人いたの』

作蔵たちも驚いて、「なんだてめえ、この俺のニセ者め」「なんだと、てめえこそ俺と同じ顔をしやがって」などと言い合いをはじめたらしい。

『あたしも吃驚《びっくり》して、もう何がなんだか。慌てて冬吾様に知らせたんだけど』

ともかく虫干しの品を全部蔵の中に仕舞ってから、この手鏡が原因だろうということになって、冬吾がそのいわくを語ったという。

「こっちは虫干しが終わるまで、お父っつぁんがいないことに気づかなかったわ」

いないと二人いるでは大違いだから、異変に気づくのはあちら側のほうが早かったわけだ。

「あ、ねえ、振り袖のもののけには会った？」

『何よそれ』

あちらでは、お連の出現はなかったようだ。なるほど、やっぱり少しは違うのか。

『とにかくそれで、片方はもともとそっちにいたお父っつぁんだってことがわかったのよ。だったらいっそ、もう一度鏡の中に押し戻しちゃえばいいんじゃないかって思って』

今朝になって思いついて、手鏡をのぞき込んだら、そこに映っていた自分の顔が大声で怒鳴った。で、今こうしてあちらとこちらのるいが、互いに見合って話をしているというわけだ。

「お父っつぁんを鏡の中に押し戻すなんて、どうやるの？」

『どうにかなるわよ。そっちこそ、何でわめいていたの』

「お父っつぁんが顔を見せたら、引っぱり出そうと思ったわけ」

『大雑把ねぇ』

「あんたに言われたかないわね」

双方のるいは文字通り額を寄せて考え込み、とにかくやってみるしかないという結論に至った。

「で、お父っつぁんはどこにいるの？」

『二人とも蔵の壁にいるわ。お父っつぁんたち、すっかり気が合っちゃって、昨日から大盛り上がりよ』

あちらの作蔵とこちらの作蔵は、はじめのうちこそどちらが本物かで言い合いをしていたが、すぐに意気投合したものらしい。

（そりゃお互いに自分だもの、気も合うでしょうよ）

こっちの気も知らないでと、るいは口を尖らせた。

見れば鏡の向こうの顔も、同じようにむくれている。

『あんたにも聞かせてやりたいわよ。あたしが小言ばかりで可愛げがないとか、口喧しいのはおっ母さんにそっくりだとか。あの時はああだったこの時はこうだったたって、二人で自分の娘のことを、言いたい放題なんだから』

「何それ、ひどい」

『でしょう？』

「誰のせいで娘のあたしが苦労していると思ってんのかしらね」

『まったくだわ』

「だいたい、お父っつぁんときたら――」

『そうそう、あの時だって――』

ひとしきり、ああだこうだと父親の文句を言って、鏡をはさんで娘どうしでうなずきあっていると、またも後ろから咳払いが聞こえた。

「いつまでやっている気だ」

わあしまったと振り向くと、店主はいつの間にか座り込んで、書物を繰っている。不機嫌と札に書いて吊したくなるような仏頂面だ。

その傍らにはナツが寛《くつろ》いだ格好で座っていて、面白そうにるいを眺めていた。

「あんた、そんな調子じゃ日が暮れちまうよ」

「す、すみませんっ」

慌ててまた鏡と向き合うと、あちらのるいも「すみません」と叫んでいる。

「とにかく、お父っつぁんを呼んできてよ」

『うん、わかった』

すぐ戻るわねと言い残して、手鏡の中の顔が消えた。すぐに鏡の面が暗くなったのは、畳の上にでも伏せて置いたからだろう。

やれやれと、るいも手鏡を膝に置く。ずっと柄を握りしめていたので、指が強張ってしまった。

冬吾が、読んでいた本を音をたてて閉じた。

「何か良い方法でも見つかったのかい？」とナツ。

「ない。――だから、こいつのデタラメにつきあってやることにした」

デタラメじゃないですとるいがぷんとして言うと、「じゃあどんな算段だ」と冬吾は冷ややかに返した。

「聞こえてきたのは、私と作蔵の悪口だけだったがな」

「う……」

その時、手鏡から声がしたので、るいは慌ててまた柄を握って鏡をのぞいた。

「お父っつぁんは？」

『それがね』

鏡の中のるいは憤懣《ふんまん》やるかたないというしかめっ面をしていた。さすがに自分の顔だから、そういう表情になるのがどういう時かはよくわかる。——お父っつぁんが、また何かやらかしたに違いない。

『お酒を飲んで酔っぱらってんのよ。お父っつぁんが二人して、もうぐでんぐでん。あれじゃ、蔵の壁から引っぱってくるなんて、無理』

「うわあ」

嫌な予感が的中して、るいは思わず頭を抱えそうになった。

（もう、お父っつぁんたら！）

こちらでもあちらでも、全然、かわりゃしない。娘がこれほどあたふたしているってのに、当の本人がどうしてこんな時にお酒なんて飲んでるのかしら。

「お酒は駄目だって、いつも言ってるのに」

『ちょっと目を離すと、これだもの』

「もともとたいしてお酒に強くもないくせに、すぐに飲みたがるんだから」

『自分が二人になったお祝いだとか言ってるのよ。呆れるわ』

ぷんぷん怒りながら、二人のるいは顔を見合わせた。

「だけど、お酒なんてどこにあったんだろ」

『一昨日に冬吾様が、波田屋さんからいただいたものだって。ほら、饅頭と一緒に。それを、こっちのお父っつぁんが見つけたみたい』

「え、そうなの？」

酒もらってたのかいとナツが横目で訊くと、「隠していたわけじゃない。言う必要がないから、言わなかっただけだ」と冬吾は肩をすくめた。

「とにかくこうなったら、酔っぱらいでもなんでも、お父っつぁんをとっ捕まえなきゃ」

きっぱりと言って、るいは立ち上がった。

そうねと、あちら側のるいもうなずく。

『手鏡を持って、一緒に蔵に行きましょ』

蔵の壁の前に立つと、こちらはしんとしているのに、手元の鏡からは作蔵たちの呂律《ろれつ》の回らない大声と笑い声が聞こえてきた。

『……いやぁ、おめえはいい奴だなあ……いやいや、おめえこそ良い男だぜ……なんだよく見りゃ、おめえは俺か？……そうともおめえが俺だ。いや待て、どっちが俺だ？……ま、どっちでもかまやしねぇや……わはは、違ぇねえ、愉快愉快……』

るいと一緒に壁の前に立った冬吾が「楽しそうだな」と呆れたように呟き、その後ろでナツが「すっかり出来上がってるねぇ」と声をたてずに笑っている。

るいは腹の底からため息をついた。

「ねえ。今、思ったんだけど」

『何よ』

「いっそもうこのまま、お父っつぁんをそっちで引き取ってもらっていいかしら」

やめてよ、と慌てた声が鏡の向こうから返った。

『お父っつぁんが二人なんて、こっちの苦労は二倍よ。あたしの身にもなってよ』

「……わかってるってば。ちょっと言ってみただけ」

お父っつぁんがいなくなればいいなんて、本気で思ってないし。

「で、どっちがうちのお父っつぁん？」

『待って。——ねえ、お父っつぁんたち。座敷で手鏡を拾ったのは、どっちのお父っつぁん？』

『……おう、るい。なんだおめえ、怖ぇ顔して。そんな顔してると、おっ母さんそっくりだぞ。わはは、まったくだ。最近ますますお辰《たつ》に似てきやがって。けどよぉ、俺に似たんじゃなくてよかったよな。そりゃおめえ、娘がそんな豆腐みてぇに四角いツラじゃ、嫁の貰い手もありゃしねえや。なにおう、てめこそ神社の狛犬《こまいぬ》がくしゃみしたみてぇなツラしやがって。……ああ、なんだと？　鏡を拾ったのはどっちだ？　そりゃ、俺だ俺だ。いや、俺だ』

どかっと壁を殴りつけた音と、『ぐえっ』という悲鳴が聞こえた。

束の間静かになったと思ったら、鏡にまたるいの顔が映った。

『どっちのお父っつぁんか、わかったわよ』

「ありがとう。手間かけるわね」

『いつものことだわ』

「じゃ、やるわよ」

まず、あちら側の手鏡を作蔵に向ける。すると、こちらの鏡の面には、それをのぞき込んでいるるいの顔ではなく、壁からにゅっと首を突き出した作蔵の姿が映しだされた。

本当に窓から向こうを見ているみたいだわと、るいは思う。

ここまではよし。次は。

『ほら、あっちのお父っつぁん。この鏡をよく見て』

作蔵の顔が、鏡の面いっぱいに大きくなった。酔ってとろんとした目をしきりに瞬かせている。なんでぇ、こんなところにもるいがいやがる。おい、るい、そんなところで何してやがるんだ……などとむにゃむにゃ言っているのにはかまわず、こちら側からるいは叫んだ。

「お父っつぁん、早くこっちに戻ってきてよ！　お父っつぁんはこの鏡を通ってそっちに行ったんだから、もう一度通り抜ければ帰ってこられるはずでしょ！」

『馬鹿言ってんじゃねえ。仕立屋の糸じゃあるめえし、こんな小せぇ穴みてぇなもん、どうやってくぐれってんだ』

「針の穴よか、よほど大きいよ」

手鏡のいわくについては一応聞いているだろうに、作蔵本人に今ひとつ自覚がないせいか、それとも酔っぱらってこちらもあちらもたいして区別がついていないのか、どうにも疑わしげだ。

「いいから、こっちに手を出して！」

鏡から手が出てきたらすかさず摑んで引っぱり出すつもりで、るいは手鏡の柄をしっかり握り、両足を地面に踏ん張って身構えた。

ところが。

「あれ？」

作蔵の伸ばした手が、鏡の面で弾かれた。何度やっても、指一本通り抜けない。

ヘンねえとこちらで首をかしげている間に、『お父っつぁん、ちょっとこれを持ってて』と、あちらのるいが作蔵の手に手鏡を握らせた。

『いくわよ！』

とたんにごつんと音がして、作蔵は頭突きをしたみたいに鏡に頭をぶつけた。

『痛ったたった！　おいこら、親に何てことしやがる⁉』

どうやらあちらでは、作蔵の頭を後ろから摑んで、鏡に押し込もうとしたらしい。

『駄目だわ。入らない』

「ええと。……それじゃ、どうしよう」

『どうしようかしら』

あっちとこっちでるいが困って考え込んでいると、「言わんこっちゃない」と冬吾がため息をついた。

「少しは頭を使え。作蔵は壁の妖怪だ。壁のない場所に引っ張り出せるわけがないだろう」

「え、え？」

冬吾はつかつかとるいに歩み寄ると、鏡に向かって怒鳴った。

「おい、そっち！　後ろに下がって、壁と一緒に作蔵を映せ。そのまま鏡をしっかり持って、動かすな。そちらにも私がいるだろう。ぼうっとしてないで手伝わせろ！」

自分に対してまで横柄だ。

冬吾は束の間、鏡と蔵の壁を見比べてから、「だいたいこの位置か」とうなずいた。るいの肩を掴み、ぐいと引っぱるようにしてその場所に立たせると、

「鏡の面を壁に向けろ」

「は、はい」

言われたとおりに、るいは持っていた手鏡を裏返す。

「腕を前に出せ」

「こうですか？」

るいが腕をいっぱいに伸ばして手鏡を前に突き出すと、冬吾は柄を握る彼女の手に自分の片手を添えた。

「わぁぁ!?」

（手、握られた。冬吾様に手、握られた！）

しかも、冬吾の顔がすぐ横にある。まるでお互いにぴたりと寄り添っているみたいな格好だ。

「なんだ？」

「いいいえ、あのっ、……と、冬吾様、手がぬくいですね」

「そんなに顔が赤くなるほどか？」

湯たんぽじゃあるまいしと怪訝に呟いてから、冬吾は空いた手のほうを拳に固めた。

「いささか手荒にいくから、しっかり支えろ。鏡を落とすんじゃないぞ」

「はい」

冬吾は拳を振り上げると、ガツンっと手鏡の裏を力まかせに殴りつけた。

次の瞬間。鏡の面が白く輝いた。光はまるで水が流れでるように手鏡からあふれて広がり、蔵の壁の表面でいっそう眩《まぶ》しく波打った。

るいは思わず目をつぶったが、それはほんの寸の間の出来事だったらしい。次に目を開けた時には、あたりは晩秋の淡い日射しの中、目の前の壁もただのっぺりと白いだけになっていた。

「お父っつぁん?」

おそるおそる、るいは壁に声をかけた。

(本当に戻ってきたのかしら)

壁はしんと静かなままで、うんともすんとも反応がない。心配になって、もう一度お父っつぁんと呼びかけようとした時、ようやく呻き声のようなものが聞こえて、るいは目を瞬かせた。

「……えい、こん畜生。誰かが俺の背中を思い切り突き飛ばしやがった。おかげですっ転んじまったじゃねえか」

壁の表面がぞぞっと動いて、作蔵の顔が浮かび上がった。首を伸ばして、あたりを見回している。

「おや、もう一人の俺がいねえぞ。どこ行っちまったんだ？」

まだ酔いが抜けてないらしく、声がふにゃふにゃしている。

るいは鏡を冬吾に手渡すと、壁に駆け寄った。

「こんの馬鹿お父っつぁん！　何やってんのよう！」

馬鹿馬鹿と繰り返しながら、両手でぼかぼかと壁をぶった。

「うわ痛ぇ、おいこら、何しやがる!?」

「何じゃないわよ！　お酒を飲んじゃ駄目だって、いつも言ってるじゃない！　おまけにあっちの冬吾様のお酒を、勝手に！」

「痛てて、やめねぇか、るい！　親を殴るたぁ、この罰当たりが！」

「親だってんなら、娘に心配かけてるんじゃないわよ！　いきなりいなくなったりしないでよ！」

「痛っ、痛たたたた――――っ！」

その騒ぎを尻目に、ナツが冬吾の傍らに立って、ニッと笑いかけた。

「お見事と言いたいところだけど。あんただって、たいがい力技じゃないか」

冬吾は懐から出した布で手鏡を包みながら、「ふん」と高らかに鼻を鳴らした。

「最善の策をとったまでだ」

六

手鏡を蔵に仕舞う前に、るいは冬吾に頼み込んで少しの間それを貸してもらうことにした。

鏡を抱きしめるようにして庭に出ると、隅に植わった柿の木の根元にしゃがんで、包んであった布を取り払った。

「今日はいろいろありがとう」

話しかけると、手鏡に映っていたるいの顔が、『お互い様よ』と笑い返す。

「そっちのお父っつぁんはどんな様子？」

『俺がいなくなったって、すごく残念がってたわ。俺はいい奴だったのに、ですって』

「こっちも似たようなことを言ってた」

『それって結局、自分を褒めてるってことじゃないねえ』

「まったくだわ」

二人のるいは、クスクスと笑った。

「この手鏡はもう一度蔵の中に封印するんですって」

『うん。すぐに冬吾様に返さなくちゃ』

「でもその前に、あんたに会いたいなって思ったの」

『あたしも、あんたに挨拶しとこうと思って』

それからしばし、鏡をはさんで二人は、他愛ない昔話やちょっとした愚痴を言って、笑いあった。

そういえば、同じ年頃の娘とこんなふうにおしゃべりをすることって今まであまりなかったな――そう思ってから、るいは可笑しくなった。

あらら、あたしったら何を考えているんだろ。同じ年頃の娘どころじゃない、相手は自分じゃないの。

でも。

「あんたと話していると、すごく楽しいわ」

『そりゃね。お父っつぁんじゃないけど、あたしたちも気があって当然だもの』

「これもやっぱり、自分褒め？」

『そうかも』

あんたがこっちにいて友達になれたらいいのにと、るいは思った。馬鹿なことだとわかっていても、そう思った。

いつも同じことをしていて、同じ気持ちを分かち合える。日々が辛いとか悲しいとか、あるいはかけらも思っちゃいないけど、それでも誰かとわかりあえるという感覚は、背中に担いている物をちょっと下ろしたみたいに心の中がほこほこする心地がした。

あちらのるいも、やっぱり同じことを思っているのだろう。寸の間、真顔で黙り込んだ。

「残念だけど、あたしたち、もう会えないわねえ」

『この鏡は蔵の中に仕舞っちゃうものね』

そろってため息をついてから、ニッコリした。

「元気でね……って言うのもヘンか」

『そうよ。片方だけ病気になるなんてないもの。でも、お互い気をつけましょ』

じゃあねと、どちらからともなく言い、さようならとうなずいた。

手鏡を丁寧にまた布で包み、上からそっと指で撫でてから、ああそうかとるいは思った。

(きっと、こんな気持ちだったんだ)

この手鏡を九十九字屋に持ち込んだ時の、とよの愛着を思わせる仕草。寂しいという言葉。

怖い思いだってしたのにどうしてかしらと不思議だったけど、今ならそれもわかる気がする。

「とよさんにとっては、あんたはやっぱり、大事な物だったんだ」

るいは、鏡そのものに話しかけた。

「そりゃあ素《す》っ頓狂《とんきょう》なことをしでかしてくれたけど、でもさ、あたしもあんたのことは嫌いじゃないよ」

さあ、手鏡を冬吾に返さなければ。

もう一度、布ごしに手鏡を撫でると、それを胸に抱いてるいは立ち上がった。

その夜。

店仕舞いをしてるいを筧屋に帰した後、冬吾は台所の棚に置いてあった徳利を手に座敷に腰を据えた。例の、波田屋から貰った酒である。

「おや。飲んじまうのかい？」

一人でゆるりと盃を口に運んでいると、階段の上から声がした。

「作蔵に盗られてもつまらんからな。よければ一緒にどうだ」

「ではご相伴《しょうばん》」と言いながら、ナツが階段を下りてきて、冬吾のそばに座った。盃を手に取って、差し出す。冬吾が徳利から酒を注いでやると、ナツは艶な仕草で盃に口をつけ、一息に干した。

「さすがに良い酒だね。これを飲みそこなったとは、あっちのあんたも気の毒に」

あちらにはあたしもいるんだろうね、ちょいと会ってみたかったよ、などと言って喉を鳴らすように笑う。

「手鏡はもう蔵の中かい？」

「ああ。もう一度封印した。これでおいそれと外に出てくることはないだろう。虫干しのたびにこの騒ぎでは、たまらんからな」

「まあ、蔵の連中の気持ちは、わからないでもないよ」

「気持ち？　退屈しただけだろう」

「それもあるけどさ……」

本当のところは人恋しいんだよ。そう言って、今度はナツが徳利を差し出し、冬吾の盃を満たした。

「今回出てきたのは振り袖と手鏡だろ。どっちも若い娘が好むものだ」

なるほどと、冬吾は酒を舐めながらため息をついた。

「るいか」

「あの娘に引き寄せられて、娑婆《しゃば》っ気《け》が出ちまったのさ。悪気があったわけじゃない」

蔵の中にある道具たちは、皆、人間のそばにいたモノたちだ。良きにつけ悪しきにつけ、人間の想いに触れていたモノたちだ。

美しい振り袖をまとう時、鏡をのぞいて粧《よそお》う時の浮き立つような娘心を知っているモノたちだった。

恋しかったのさと繰り返し、ナツは盃に口をつける。

「悪気はなくとも迷惑だ」やれやれというように、冬吾は肩をすくめた。「悪気がないだけに、と言うべきかもしれんが」

「あやかしだからねぇ」

ナツはニコリとした。

「あまりきつく叱らないでやりなよ。そりゃまあ、おいたをしたらお灸をすえるのは仕方がないことだけれどね」

冬吾は小さく鼻を鳴らすと、徳利を持ち上げた。

「今夜は冷える。燗をつけるか」

「あたしは熱いのは苦手だよ。猫舌なんだから」

顔をしかめて言った後で、ナツはいきなりぷっと噴き出した。

「そういえばあの娘、いつあたしの正体に気づくのかねぇ」

「あの鈍さでは絶対に気づかんぞ。そろそろ打ち明けてやったらどうだ」

「そうだね。作蔵がいつしゃべっちまうか、しれないし。こっちから頃合いを見計らって、ね」

ツィーと、虫の音が夜のどこかでか細く響いた。

おやとうに絶えちまったと思ったのにと、ナツが盃を手に耳をすまして呟く。

冬はもう、目の前だった。

第二話　おもいで影法師

一

節季《せつき》の立冬《りっとう》を過ぎ、じきに小雪《しょうせつ》を迎えるというその日は、明け方から細い雨が音もなく降りつづいていた。

「今日は冷えるわね」

先ほど昼八つ（午後二時）の鐘を聞いたばかりだというのに、灰色の雲に覆われた空は、夕暮れ時のごとくに暗い。

この時期は、一雨ごとに冬の寒さが増してゆく。特にこんなけぶるような雨は、ざっと一気に降るよりも冷たく感じられて、店の表口で空を見上げたるいは、ぶるっと首を縮めた。

「おい、さっさと戸を閉めやがれ。寒くてかなわねえ」

店の中からの声に振り返って、るいは「何してんのよ、お父っつぁん」と呆れた。

見れば、座敷の壁が火鉢で暖をとっている。――正確には、作蔵が壁から両手を伸ばして火鉢を壁際に引き寄せ、しっかりと抱きかかえていた。

「俺ぁ寒いのは苦手なんだ。骨身にこたえら」

「骨も身もないでしょ。壁なんだから」

「あぁ？　壁が火にあたっちゃ悪いのかよ」

「悪いよ。火事になるかもしれないじゃない」

「うるせぇ」

ああ陰気な日だ、気分がくさくさすると、作蔵はぶつくさ言った。

「ちょっとお父っつぁん、独り占めしないでよ」

るいは表の戸を閉めると、自分も暖まろうと座敷に戻った。

「あれ、鉄瓶がない。……お父っつぁん、鉄瓶はどこ？　さっきまで火鉢の上にあったでしょ？」

「こいつを動かすのに邪魔だったんで、流しに持ってった」

「もうっ。お湯が沸いてなかったら、冬吾様が戻った時にお茶を出せないじゃない」

作蔵は確かに生きていた頃は寒がりだったが、死んで妖怪になった身では寒いも暑いもあろうはずがない。それが証拠に普段は蔵の壁で雨ざらしになろうが、日射しに焙《あぶ》られようが、平気の平左《へいざ》なのだ。大騒ぎするのは、大嫌いな蜘蛛やヤモリが壁を這ってい
った時くらいのものである。
大方、寒いと言ってもそんな気がしているだけだろうし、雨で気が塞いで何かとごね
ているに違いない。
（そういやお父っつぁんは左官だった頃も、雨の日は仕事にならないからって、長屋で
布団をかぶってふて寝してたっけね）
あげくに昼間っから酒を飲みに出かけて、よくおっ母さんにどやされていたものだっ
た……と、るいはしみじみと幼い時のことを思い出す。
「ところで、こんな日に冬吾の野郎はどこへ行ったんだ？」
「いつもの散歩でしょ。一刻ほど前に出て行ったから、そろそろ戻ると思うけど」
そこではたと、そうだ鉄瓶だお湯を沸かさなきゃと、るいは慌てて流しに駆け寄った。
その時、誰かが店の戸口を叩いた。こちらが応じるより先に、「ちょいと御免よ」の
声とともに、戸ががたんと引き開けられる。
るいはぎょっとして座敷に目をやったが、作蔵は心得たもので火鉢からするりと腕を

引き戻すと、壁の中に消えた。

「あ、親分さん」

入り口で蛇《じゃ》の目傘《めがさ》をたたんでいる男の顔には見覚えがあった。この界隈を仕切ってい
る、岡っ引きの源次《げんじ》だ。年は五十半ば、強面《こわもて》のうえに冬でも真っ黒に日焼けしたみたい
な顔色をしているから、まるで鬼瓦が着物を着て歩いているみたいだとるいは思う。

「いきなり押しかけて悪いな。店主はいるかい」

「すみません。冬吾様なら、今ちょっと出かけていて」

「遅くまでかかる用事かい」

そういう時は冬吾はちゃんと言い置いていくから、るいは首を振った。

「だったら、しばらくここで待たせてもらうぜ」

「はい、どうぞ」

るいが手桶に水を汲んで持っていくと、源次は手拭いを絞って、足の汚れを落とした。

「雨の日はお務めも大変ですね」

岡っ引きの足もとは紺足袋《こんたび》に鼻緒の白い雪駄《せった》ときまっているが、店に来るまでにぬか
るみを踏んできたらしく、足袋も雪駄も泥跳ねがひどい。るいの言葉に、まったくだと

源次は無骨な顔で笑ったが、座敷にあがろうとはせず、そのまま上がり口に腰をかけた。

「今、お茶を淹れますね」

「いや、俺は白湯《さゆ》でかまわねえ。熱いのを頼む」

るいは壁際の火鉢を引っぱってきて源次のそばに寄せると、流しにとって返した。幸い、鉄瓶の湯は冷め切ってはおらず、火鉢の上に置くとすぐにしゅんしゅんと湯気を吹き上げた。

(親分さんが何のご用かしら)

白湯を注いだ湯呑みを源次に出してから、るいは小首をかしげる。何か事件かもと思ったのは、るいが九十九字屋に奉公してすぐに起こった津田《つだ》屋への押し込みの一件が頭をよぎったからだ。作蔵のおかげで犯人を捕らえることができたけれど、現場に駆けつけてきたこの源次親分に、誰が賊を伸《の》したのかと問われてあたふたしたことも、ついでに思い出す。

源次は湯呑みに手を伸ばそうとして、るいの顔を見てニヤリとした。

「なに、物騒な話じゃねえ。今日は店の客として来たんだ」

「え？」

「おまえさん、今そう思ったんだろ？　岡っ引きが来るなんて、何か事件でもあったんじゃないかしら――てね」

どうしてわかったのだろうと、るいは目を丸くした。

「サトリの化け物って知ってるか？　相手が何を考えているかわかる、つまり人の心を読む妖怪だ」

「聞いたことはありますけど、それが……」

「実はな。俺は、そのサトリなんだ。人間のふりしちゃいるが、正体は化け物なのさ」

「えええ――っ？」

るいが盛大に驚いたので、源次はぶっと噴き出した。

「冗談にきまってるだろう。おいおい、ガキでも信じねえぞ、こんな話」

「あ、それじゃ親分さんはちゃんと人間なんですね」

「たりめぇよ」

ああ、ビックリした。冗談と言われても、るいの場合は洒落にならない。なにしろ父親が妖怪なのだ。この世に『ぬりかべ』がいるなら、『サトリ』がいたって別段、不思議じゃないわと思ってしまう。

「おまえさん、考えていることがそのまま顔に出るんだな。今も、事件があったんじゃないかって、しっかり顔に書いてあったぜ」

「そ、そうですか？」

以前に冬吾にも同じことを言われたと思いながら、るいは両手で自分のほっぺたを撫でた。

悪いことじゃねえよと、源次は笑った。

「正直者ってことだ。腹の中で悪態をつきながら善人面している人間よりも、よほど信用できる」

「はあ」

「ま、事件絡みと思ってもらえるだけ、ありがてえってもんだ。世間じゃ岡っ引きってなぁ悪党と紙一重、十手を預かっている分悪党よりもっと質《たち》が悪いと考える連中も多い。店に寄っただけで嫌な顔をされることも、よくあるのさ」

「そうなんですか？」

「実際、そう思われて仕方がねえ。もともと『蛇《じゃ》の道は蛇《へび》』ってぇ後ろ暗い連中が多いうえ、お上の御用を笠に着て、店先を回っちゃ強請《ゆすり》たかりの悪事を働く奴も確かにいるからな。世間様を責める筋合じゃねえや」

まあこの店にゃそんな悪党は寄りつかねえだろうがと、湯呑みを口に運びながら、源次はつけ加えた。

「それは、親分さんがいるもの」

九十九字屋は源次の縄張りの内である。源次が睨《にら》みをきかせている以上、十手を持った不埒《ふらち》な余所者《よそもの》がこの辺りで好き勝手できるわけはないと、るいにもそれくらいはわかる。

だが源次は、「いやいや」と首の後ろを掻いた。

「どのみちあやかしと縁がなきゃ、この店に来ることはできねぇだろ？」

（そういや親分さんも……）

源次は昔、あやかし絡みで九十九字屋に相談を持ち込んだことがあって、冬吾とはそれ以来のつきあいだと聞いたことがある。

「今日も、ここの店主にちょいと聞いてもらいたい話があってな」

そういえば店の客として来たと、さっき言っていた。あらら、この親分さんはあやかしにずいぶんと縁のある人らしい。魔除けの鬼瓦みたいな顔なのに……と、いささか失礼なことを思ってしまったるいである。

「お急ぎでしたら、あたし、冬吾様を捜しに行ってきましょうか？」

「お急ぎじゃねえよ」

でもと、るいは首をかしげる。

「雨の中をわざわざいらしたってことは」

何をさておいてもという用件ではないだろうか。

しかし源次は、薄く笑って首を振った。

「そんな、たいそうなことじゃねえんだ。ただな、その……」急に言いにくそうに、ぶつぶつと声を落とす。「俺は人間相手ならいくらでも威勢をはることできるが、あやかしとなると、とたんに意気地がなくてなあ。みっともねえことだが、どうにもお天道様の下でこの話をする気にゃなれなくてな……」

るいがますます首をかしげたところで、表の戸が開いて冬吾が帰ってきた。

二
「その娘もかい？」

店主に促されようやく座敷にあがった源次は、茶を運んできたるいが盆を持ったまま冬吾の傍らに座ったのを見て、怪訝《けげん》な顔をした。

「若い娘には聞かせられない話か？」

「そういうわけじゃねえがな」

「この娘には助手として仕事を手伝わせているが、そこそこ役に立つ」

(あら、初耳)

口元が緩みかけたが、思ったことが顔に出ると言われたばかりなので、るいは表情を
変えないように我慢した。が、冬吾にはお見通しだったようで、

「いないよりはマシという意味だ」

冷ややかに横目で睨まれ、わかってますよとるいは頬をぷくりと膨らませた。

源次はそれを面白げに見やってから、

「前の捕り物の時みてえな無茶をされても困るが……」

今回は危ないことにはなるまいと、うなずいた。

そうして、あらためて居住まいを正すと、岡っ引きが語りだしたのはこんな話であった——。


先日、源次は菅野甚九郎《すがのじんくろう》という人物に呼び出されて、八丁堀《はっちょうぼり》へ出向いた。

甚九郎はもと北町奉行所の定廻《じょうまわ》り同心で、かつて源次は彼から手札（証明書）をもらって御用働きをしていたという。

「お役目に就いていた頃は、牛の菅野って呼ばれていてな。普段は温厚なんだが、こうと決めたら梃《てこ》でも自分の考えを変えねえ。それが上の命令でも気にくわなきゃ頑として動かねえってとこからついたのが牛の渾名《あだな》だ。上役泣かせの旦那だったが、俺みてえな下にいるもんにゃ優しい方だったよ」

甚九郎はこの年六十五。七年前に息子に家督を譲って引退し、その後しばらくは臨時廻りとして役目に就くこともあったが、現在はもっぱら同心たちの相談役として、月に何度か奉行所に顔を出す程度であるらしい。

源次も甚九郎の引退とともに、その薦《すす》めもあって別の同心の配下で御用聞きを務めることとなった。

「菅野の旦那の久しぶりの呼び出しだ。何事かと思って俺は、屋敷に素っ飛んで行ったよ」

甚九郎は母屋を息子一家に譲って、おのれは屋敷の離れで寝起きしていた。そこへ通され、さて如何《いか》なる用件かと身構えた源次であったが、

「旦那がしゃべりはじめたと思ったら、これが他愛ねえ世間話ばかりでな」

甚九郎の様子も口振りも、危急を感じさせるものはなかったという。

出された茶を飲んで菓子をつまんで、なんとも長閑《のどか》な時間を過ごすうちに、とうとう我慢しきれなくなって、源次のほうから「あっしをここにお呼びになったのは、ぜんたいどういったご用向きで」と訊ねた。

「胸の内じゃ俺は、旦那は隠居暮らしによほど退屈していて、ふと現役だった若い頃の昔話にでも花を咲かせたくなったんじゃねえか、牛の菅野もずいぶんと角が丸くなったもんだと、ついまあ失礼なことを思っちまったもんだったが」

しかし、甚九郎の返答は予想外のものだった。

おまえが晴れ男だからだと言われて、源次はさすがに呆気にとられた。

「なんでも、俺の姿を見かけたらその日は晴れるだの、俺が御用の場にあらわれたら雲が切れてお天道様やお月様の光が拝めるだの、いっとき御番所でそういう評判になっていたって言うんだ。大切なお役目の日にゃ、同心の旦那方の間で『おい、源次を呼べ』ってえ冗談まで飛び出したくらいだってな。こっちはそんな話は露ほども知らねえから、菅野の旦那から聞いて驚くやら呆れるやらだ」

俺がそんなに験《げん》がいい人間なら、今日だって雨なんざ降りゃしねえだろうよと、源次は苦笑した。

ここ一番て時にたまたま晴れ間が出たり雨が止んだり、そこにたまたま自分が居合わせて、これまた偶然それが重なったせいで、そういう噂にもなったのだろうと言う。

「俺の頭の上じゃ、晴れも雨も他人様とかわりゃしねえ。他の者の上に雨が降ってるのに、俺のいる場所だけお天道様が出ているなんて、そんな馬鹿なことがあるわきゃねえわな」

そういうわけで源次は困惑したが、甚九郎は真顔だった。冗談やからかいで言っている様子ではない。

旦那は大真面目だと気づき、源次は首を捻った。

「とすると、仮に俺が本当に晴れ男だとしてだ、それを験担ぎに呼び出さなきゃなんねえってのはどういうわけだと思ったんだ」

その日は朝から曇っていた。二、三日前から雨こそ降らないがすっきりと晴れもしないという、寒々とした天気がつづいていた。

晴れてなきゃ何か不都合でもあるんですかいと源次が訊くと、甚九郎はこう答えたという。

――陽が射さなければ、影が見えぬからな。

それはそのとおりだが、やはり要領を得ない。

「何もこのままずっとお天道様が拝めねえってこたないでしょう。待ってりゃ明日明後日には晴れるんじゃねえですか――と、俺は旦那に言ったんだ」

しかし甚九郎は、やんわりと首を振ったという。

――今日は月命日だ。見えぬのでは、あれが気の毒だ。

月命日という言葉に源次がハッとした時だった。

ふいに雲が割れて、離れの縁側に陽が射しこんだ。時刻はそろそろ八つ半(午後三時）になるかという頃で、低い冬の陽は二人がいる座敷の奥にまで届いた。

「そう、縁側の障子は端《はな》から開いたままだったんだ。部屋が冷えるのになんで閉めておかねえんだろうって、俺は不思議に思っていたんだが」

それまで淡く暗く沈んでいた室内がくっきりと明るくなって、思わず目を瞬かせた源次の耳に、甚九郎の微笑むような声が聞こえた。

——おお、晴れたな。やはり、おまえを呼んでよかった。

「まったくその間のよいことと言ったら、俺だって一瞬、自分にそんなたいそうな力が備わってるんじゃねえかと思ったほどさ。……まあ、それだってたまたま偶然てだけなんだがな」

なに放っておいても雲の切れる頃合いだったんでしょう。あっしは何も——と、言いかけて、源次は途中で言葉を呑んだ。

「そん時に、気がついたんだ。影がひとつ、旦那のでも俺のでもない、三つめの影が座敷の畳の上に、すうっと伸びていた」

縁側から入ってすぐのところだ。まるで、誰かがそこに座っているような——人影だったと源次は言った。

「けれど誰もいねえ。あるのは、黒々とした影だけだ。肝心の身体のほうはねえのに、影だけがそこにあるんだ。……俺はぞうっとしたよ。なんだこりゃ、俺は何を見ているんだってな」

啞然としている源次の膝もとの近くに、影の頭の部分があった。丸髷を結い、簪を挿している。とすれば、この影は女だ。

「少し俯いて、しきりに手を動かしているんだ。こんなふうに、時おり何か引っぱるみてえに手をついっと上に持ち上げたりしてな。……しばらく見ていて、あっと思った。こりゃ、針仕事をしているんじゃねえかと」

布に針をいれ、縫った糸を引く。その仕草を、影は繰り返していた。

ようよう目を逸らして甚九郎を見ると、それを待っていたかのように甚九郎はうなずいて見せた。

――久《ひさ》がそこにおるのだ。

「久様というのは、旦那のご妻女でな。俺も駆け出しの頃にゃ、よく世話になったものだった。それが、昨年の末に患いついたまま、半年ばかり前にとうとうお亡くなりになって」

その日は、死んだ久の月命日だった。

源次の話を聞いて、

（あ、そういうことね）

それで親分さん、わざわざこんな雨の日に店にやってきたのね――と、るいは合点した。

もしも今日が天気の良い日で、この話をしている時に窓や戸口から日射しが漏れこんで、そこに正体不明の影がすいっとあらわれたりしたら。きっと源次は想像してしまったのだろう。そして、ちょっと怖くなったのだろう。本人が、あやかし相手では意気地がないと言っていたとおり。

そう思うと、なんだか可笑《おか》しい。もちろん亡くなった人の話なのだから笑ったりしたら不謹慎だと、るいは口の端が動かないように手で押さえた。

そのるいの様と、目の前の冬吾の無表情を交互に見て、源次はきまり悪げにうなじを掻いた。

「情けねえこったが、俺はそのあと挨拶もそこそこに離れを飛び出しちまった。今思えば、不躾《ぶしつけ》なことこのうえねえや。あれが久様の影だってんなら、俺はきちんと頭を下げて昔の礼のひとつも述べなきゃならねえところなのによ」

しかし畳の上の影に頭を下げるってのはどうやりゃいいんだと、源次はぶつぶつと呟いている。

「つまり」と、冬吾が口を開いた。「それは、あんたが菅野某《なにがし》の家に行ったら、死んだ妻女の幽霊が出たという話なのか」

「幽霊かどうかなど、知るものか。俺は影を見ただけだ。けどまあ、見える者が見りゃ本当に死んだ人間がそこに座っていたのかもしれねえな。幽霊に影があるたあ、驚きだが」

いっそ姿が見えたのなら俺もすっきりするんだがと、源次は言った。

「あんたを晴れ男と信じて呼んだところをみれば、菅野某も妻の姿を見てはいないのだろう。見えているのであれば、晴れていようが雨が降ろうが、影があろうがなかろうが、関係のないことだ。むしろ雨の日のほうが水の陰の気が強まるから、霊を寄せやすくなる」

「そうなのか」

源次は顔をしかめると、あたりを見回してふと寒気でもしたように自分の腕をさすった。

雨は静かに降りつづき、座敷は色が沈んでぼんやりと暗い。土間や台所には薄闇が溜まり、口を開く者がいなくなれば、店の内も外もしんと音が失せた。

空気はじっとりと濡れて重く、死者を誘《いざな》うという水の匂いに満ちている。

すると、

「ぶえっくしょん！　えい、こんちくしょう！」

何処《どこ》かで、死者というより妖怪が派手にくしゃみをした。

「……なんでえ、今のは？」

目を泳がせた源次に、

「猫だ」

「猫です」

店の主従は声を揃えた。

「いや、けど畜生とか何とか……」

「畜生が畜生と言って何が悪い」

「は……？」

「あ、あの、お茶のおかわりをどうぞ」

るいはそそくさと鉄瓶の湯を急須に足しながら、くしゃみが聞こえた壁のほうをこっそり睨んだ。

（お父っつぁんたら。話を聞いていてもいいけど、隠れるなら静かに隠れててよ）

それで、と熱い茶の注がれた湯呑みを手に取って、冬吾が言う。

「その話だけなら、別段、障《さわ》りがあるようには思えんが。死者のものだとしても、影はただの影だ。加えて、たとえ障りがあろうが、あんたが菅野某に頼み事をされたわけではないだろう。相談事というのは、一体何だ？」

「そう素っ気なく言うねい」

源次はため息のような声を漏らした。

「確かにな。俺は旦那に何か頼まれたわけじゃねえ。けど、俺ん中でどうにも引っかかることがあってな」

「ふん？」

「離れを出て、そのまま屋敷をおいとましようとしたら美代《みよ》様……というのは菅野の若夫婦の御新造様のほうだが、その美代様が見送りに出ていらしたんだ」

美代の顔を見て、源次はようやく夢からさめたような心持ちがした。同時に、この家の者たちはあの影のことを知っているのだろうかと訝《いぶか》しんだ。

そこで、離れで見たことを話して「ありゃ本当に久様なんですかい」と訊ねると、美代は顔を青くして俯き、私は何も存じませんと答えた。

「知らなきゃ驚くか疑うかするだろう。存じませんてことは、知ってるってこった。けどそう言われちゃ、それ以上問い詰めるわけにもいかねえ。その時思ったのは、たとえ身内でも、ああいう幽霊みてえなものは怖《こえ》えんだろうってことだ」

源次はその足で奉行所に向かい、同心の勤務の終わる七つ（午後四時）を待って、帰宅しようとしていた菅野恭二郎《きょうじろう》をつかまえた。

甚九郎の息子で定廻り同心の恭二郎は、この年三十九、父親に似て温厚な人柄であるが、牛と呼ばれるほど頑固者でもない。そのあたりが少々軽くて物足りないと源次などは思うのだが、ともあれ互いによく見知っているので、話があると言えば恭二郎も気軽に応じた。

二人で近くの飯屋へ行き、そこであらためて源次は、その日菅野の家を訪れたこと、離れでの経緯を恭二郎に話した。

恭二郎は困った顔をして、そのことについては自分も承知しているが、他言はしないでくれと言った。もちろんでございやすと源次がうなずくと、恭二郎は酒を飲みながら子細を語ったという。

「影があらわれるようになったのは、久様が亡くなって四十九日も過ぎてからのことらしい。最初に気がついたのは美代様で、食事の支度ができたからと離れにいる義父を呼びに行ったら、縁側には誰もいないのに、部屋とのしきりの障子に人影が映っていたっていうんだ」

源次は一度言葉を切ると、酒でもあおるように、湯呑みの茶を一息に飲み干した。

屋敷の離れは、甚九郎が隠居を決めた時に建て増したものである。日中は一人静かに部屋で書など読んで過ごしたいと甚九郎が望んだためだったが、ちょうどその頃に美代が二人目の子を産んで家が手狭になったという事情もあった。

「菅野の旦那が離れに移ったあとも、久様のほうは母屋で暮らしていなすった。離れには日に何度か、旦那の身のまわりのことをするために顔を出しておられたそうだ」

「では、その部屋で針仕事などもしていたのだろう」と冬吾。

「だろうな」

自分が見た影の仕草を思い出してか、源次は神妙にうなずく。

「食事ができたと離れまで呼びに行っていたのも」

「もちろん、久様だ」

久が死んで、甚九郎の身のまわりの世話は美代の役目となった。嫁の立場で否はない。が、影に気づいてからは、美代は離れに足を踏み入れることを目に見えて躊躇《ためら》うようになった。

おおらかな気質であった妻が、笑顔も口数も減り、時おり怯える素振りをするのを見て、恭二郎は何かあったのかと問い糾した。

「それでようやく、美代様は打ち明けたわけだ。——食事の膳が整ったと知らせに行くと、いつも誰かがそこに立っているように、障子に影がさしている。離れへの渡り廊下を、誰かが歩いてゆくように、するすると黒い影が動いていくのを見ることもある。部屋に届け物を持って行った際に、畳の上にぽつんと座っているような影が落ちていることもあった。もちろん、晴れた日だけだ。日中の朝餉《あさげ》昼餉の時は見えるが、日が暮れた夕餉の時はよほど月の明るい夜にしか見えない。けれども見えないだけで、雲があっても月が出ていなくてもあの影はいるのだろう。そう思うと怖くて仕方がない――と」

恭二郎は驚いて、誰かとは誰だと言った。「きっと亡くなった義母上《ははうえ》です」と、美代は涙をこぼして答えた。

「そこで恭二郎様は、次の非番の日に美代様に代わって食事の時間に離れに行ったそうだ。で、美代様の言ったとおりだとわかった」

恭二郎はそのまま離れに上がり込み、これは如何なることですかと今度は甚九郎に訊いたらしい。

血相を変えている息子に対し、甚九郎のほうは平然としたものだったという。久が来ておるのだと、事もなげに言った。

――あれは息を引き取るまで儂《わし》を案じておった。死んでからも心配して、ああして生きていた時のように日々の務めを果たそうとしておるのだろう。

しかし美代を怖がらせたのであれば、気の毒だ。今後は用があれば儂のほうで母屋に出向くから、わざわざこちらに来る必要はない。食事も、その時刻になれば顔を出すから、呼びに来ずともよい。

――悪いが、慣れてくれ。

父親にそう言われれば、恭二郎とてそれ以上言い返すことはできなかった。何より自分の母親のことである。たとえ死後のことであっても、子が親を気味が悪いなどと思うのは申し訳ない気がした。

母屋に戻って、甚九郎の言葉を妻に伝えると、美代は健気《けなげ》にうなずいた。

——義父上《ちちうえ》がそう仰るのでしたら、私もこれ以上取り乱したりはいたしません。義母上には優しくしていただきましたし、子らもたいそう可愛がっていただきました。義父上のことが心残りであられるというのならばなおのこと、私はこの家の嫁としてこれからも精一杯、義父上のお世話をさせていただきます。

「気にしないのが一番だ。いや、あの影が母上のものならば、自分たちもそれを受け入れて見守っていればいい。父も母が亡くなって寂しかったのであろうし、あの影があらわれることで父の心が慰められるのならば、それはむしろ良いことだ——と、恭二郎様は思うことにしたのだそうだ」

話を聞いていて、だったらやっぱり問題はないのじゃないかしらと、るいは思った。

（どっちかっていえば、いい話みたいだけど）

死んでもう会えないはずの人が、そばにいる。たとえそれが、影しか見えないとしてもだ。冬吾が言ったように、障りも悪意もない話だ。

そりゃあ、幽霊に慣れろなんて言われても大方の人は困るだろうが、るいだって、八つで母親が死んだ時には「幽霊でもいいからおっ母さんに会いたい」と思ったものである。だから、菅野の旦那という人の気持ちも、ちょっとわかる。

「この話は他言するなと言われたんじゃないのか」

るいと同じことを思ったかどうかは知らないが、冬吾は小さく鼻を鳴らした。

「他じゃ言ってねえよ」

「身内が納得しているのなら、他人がかまう話じゃない。……と言いたいところだが、あんたの口振りでは、少なくとも嫁のほうは自分で言った言葉ほど事を受け入れてはいないみたいだな」

源次に影のことを問われて、青ざめて俯いた――というのは、美代の中にまだ怯えが巣くっているからだろう。

「あの影が真実、久様だってんなら、美代様ももうちっと心穏やかだろうよ」

源次がため息をついたので、冬吾は眼鏡の玉の奥で目を細めた。

「まだ何かあるのか」

「この話にゃ先があってな。恭二郎様も、それで困っておいでなのさ」

あの影が久ならば怖がる必要はない。ただ静かに見守っていればよい。恭二郎夫婦がそう思い定めてからしばらくは、何事もなく日々が過ぎていった。美代などは、影をみかけると「義母上様、ご機嫌はいかがですか」「今日も良い天気ですね」などと、声をかけるようにもなっていたという。

ところが、それからひと月ほど経ったある日のこと、美代が思い詰めたような顔で、恭二郎に言った。――「あれは本当に、義母上なのでしょうか？」と。

「どうやら影は、離れだけではなく母屋のほうにもあらわれるようになっていたらしい。当然、それを一番よく目にすることになるのは、昼間に家を守る美代様だ」

母上は生前母屋で暮らしていたのだから、影が見えても不思議はないだろうと恭二郎が言うと、美代は「違います。あれは、義母上の影ではありません」と、今度はきっぱりと声を強めた。

母屋で見かける影は、あきらかに動きがおかしいのだという。まるで駆け抜けるように目の隅をよぎったかと思えば、庭でぴょんぴょんと跳ねていたりする。縁側に腰掛けて足をぶらぶらさせているらしい時もある。一度など、地面に落ちた木の枝の影と重なっていて、よく見れば木に登って枝に座っているのだと気づいたこともあった。——慎み深かった義母上が、たとえ影だけでもそのようなことをなさるはずがないと、美代は言い張った。

一度疑いだせば、違和感は大きくなるばかりだった。

生前の久とは影の大きさが違う、かたちが違う。大人の影と子供の影ほどの違いがある。

再三、そのように訴えられて、影というものは日射しの角度によって伸びも縮みもするではないかと、宥《なだ》めるつもりで恭二郎が言えば、「あなたには、おわかりにならないのです！」と美代は声を跳ね上げて怒った。

度々言い合いにもなり、恭二郎もさすがにどうしたものかと思いあぐねていた矢先のことである。

その日も非番で、恭二郎は家にいた。喉が渇いたので台所にいる妻に声をかけたが返事がない。不審に思って台所をのぞくと、美代は棒を呑んだように立ち竦《すく》んだまま、勝手口を凝視していた。

勝手口の内側は暗く、そのぶん四角く切り取られた外の日射しは眩《まぶし》かった。陽の傾きかけた頃で、地面に落ちた影が伸びはじめていた。

一体何を見ているのかと、妻の視線の先に目をやって、恭二郎もまたぎょっとしたらしい。

「戸口のすぐ外に、くっきりと黒い人の影があったそうだ。それが、どう見ても久様じゃねえ、若い娘の影だったというんだ」

まるであたりを憚《はばか》るように、源次は声を低めて言う。向かい合う冬吾は、わずかに口元を歪めて、「ほう」と呟いた。

「どうして若い娘だとわかる？」

「着物の袖さ。振り袖を着た女の影だったんだ。嫁入り前じゃなきゃ、そんなものは着ねえだろ」

「なるほどな」

恭二郎はとっさに勝手口に駆け寄ったという。とたんに影はするりと動いて、大きな袖を揺らしながら、地面の上を滑るように走り去った。

――あれは一体、何者の影だ？

唖然としてそれを見送ってから台所を振り返ると、美代は顔を覆って床にしゃがみ込んでいた。自身も背筋に冷たいものを感じながら、恭二郎はその時ようやく、妻が怯えていた理由を得心したのだった。

「それで、どうなったんだ」

冬吾が訊けば、「どうにもなってねえ」と源次は肩をすくめた。

「今の話が先月のこった。そのままになっているところに、俺が旦那に呼ばれて行ったわけさ」

「つまり、菅野甚九郎という御仁は今も、自分が見ている影が妻だと信じているわけだな」

「菅野の旦那の気持ちを考えると、そこは恭二郎様も自分が見たものについては言い出せなかったらしい。そりゃ、言えねえだろう。美代様も、旦那の前じゃ努めて何事もないみたいにふるまってなさるそうだ」

ただこのままじゃ美代様は気の毒だと、源次はまたため息をついた。

菅野の家宅にあらわれる影は、これといって悪さをするわけではない。見えているだけだ。しかし見えていることが気味が悪い。

人は怯えることには慣れても、「わけがわからない」ことには慣れることはできないものだ。

正体のわからぬもの、理屈の通じないもの、おのれの常識の範疇の外にあるもの。そういった事象を『あやかし』と呼ぶのも、せめて名前を与えて一括りにしてしまえば、それはもう「わけがわからない」ものではない。『あやかし』というモノなのだと納得し、安心することができるからなのだ。

「なかなか健気な嫁だが、確かにこのままではもたんだろうな。見えることを怖れていれば、そのうち、見えない時にはいつどこにそれが見えるかと怖れるようにもなる。そんなことをつづけていれば、気がおかしくなるぞ」

それであんたは、その菅野の嫁をなんとかしてやりたくてここに来たのか。そう問われて、源次は慌てたように首を縦横に振った。

「どっちなんだ」

「いや、もちろんそりゃ、美代様のことは心配だ。俺など一度あの影を見ただけで、仰天しちまったんだ。あれが二六時中じゃ、たまったもんじゃねえだろうよ。このままじゃいけねえってなぁ、まったくそのとおりだ。……だがな」

源次は自分の膝を片手の拳で叩いた。寸の間、その顔が怒ったようになる。

「何より俺は、もしあの影が久様じゃねえってんなら、何のために久様のふりをしているのかが気になる。いいや、事と次第によっちゃ、許せねえ。だってそうじゃねえか、菅野の旦那はあの影を見て、亡くなった久様がそばにいると喜んでおられるんだ。その気持ちを弄《もてあそ》ぶようなもんだろう」

　冬吾は腕を組むと、なるほどとうなずいた。

「つまりあんたは、その影の正体が知りたい――だから俺に、検分しろと言うのだな」

「あんたになら見えるだろう。頼めるか？」

　冬吾は束の間、源次を凝視してから、ふうと息をついた。

「世の中には、騙されたままのほうが幸せということもある」

「いつまでも騙されたままで、いられるのならな」

　こちらもわずかに押し黙ってから、源次はぽつりと言葉を漏らした。

「俺は菅野の旦那に恩がある。もしあの影が悪さをするために菅野の家にあらわれているのだとしたら、見過ごしにゃできねえ。旦那に久様が来ていると信じ込ませたうえで、魂胆があるってぇなら、なおさらだ。――俺は、善意に見せかけた悪意ってやつが、一番嫌《きれ》ぇなんだ」

影が本当に久であるのなら、それでいい。久でなくとも、障りのないものだとわかれば、それでいい。知りたいのはそのことだけだと、源次は言った。

「もし放っておいても大丈夫なものだとわかれば、恭二郎様と美代様も安心するだろうしな。俺も自分から旦那によけいなことを言おうたぁ思わねえ。そのまま黙って、引き下がるさ」

冬吾は考えこむようにしていたが、「わかった」とうなずいた。

「次に晴れた日に、ここにまた来てくれ」

「ありがてえ。一緒に八丁堀へ行ってくれるかい」

「この娘がな」

冬吾が傍らのるいに顎をしゃくったので、

「えっ」

「え、あたし？」

と、源次とるいは声をあわせて目を丸くした。

「あんたじゃねえのかい？」

源次が困惑顔で言うのに対し、

「こちらも商売なんでな。私みずからが出張《でば》るなら、そのぶんの代金は払ってもらうぞ。今回はとりあえず下見ということで、それなら助手で十分だ。金もとらん」

冬吾はすましたものだ。

「しかし、娘っこ一人で大丈夫なものかね」

源次の心許なげな視線を受けて、るいは（親分さん、あたしも心配です）とうなずいてみせた。が、力いっぱいうなずいたせいで、源次の目には「大丈夫、このあたしにおまかせを」とでも言っているように映ったことには、るいは気づいていなかった。

「さっきも言ったが、こいつはそこそこ役に立つ」

覆被せるように、冬吾は言った。

「津田屋の一件を覚えているだろう。この娘には、死んだ人間が見える」

「……まあ、そうだな。難しいことじゃねえ、見てもらえるだけでいいんだ」

よしと、源次は思い切りよく言って、鬼瓦が愛想をするような笑顔をるいに向けた。

「ここの店主が見込んだのなら、まかせて間違いあるめえ。晴れたら迎えに来るから、ひとつよろしく頼むぜ」

「は、はい」

こっそりとため息をつきながら、そういえばあたし、いつから冬吾様の助手ってことになったのかしらと思う、るいであった。

三

「親分さんは、義理堅い人なんですね」

源次が帰ったあと、湯呑みを片付けながらるいは言った。

やれやれと立ち上がって二階へ引きあげようとしていた冬吾が、階段の手前で止まって、るいに顔を向けた。

「義理か。……まあ、義理もあるだろうな」

「だって昔の恩人を心配して、自分のこととは関係ないのにあんなに一生懸命になっているんでしょう？　いい人ですよ。顔は怖いけど」

「海千山千の岡っ引きを、いい人の一言でまとめるな」

冬吾は小さく苦笑してから、無表情に戻った。

「おそらく、以前に自分の身に起こったことを思い出したんだろう」

「親分さんの身に起こったこと？」

るいは目を瞬かせた。

「源次が最初にここに来た時の経緯は、まだ話していなかったな」

冬吾が階段に腰を下ろしたので、るいも盆を置いて畳に座り直した。

「何年前だったか、通りでたまたま土地の岡っ引きとすれ違って、おやと思った。よく晴れた日だったのに、その男のまわりだけが暗くかすんで見えたからだ。全身に黒い靄《もや》のようなものがまとわりついているのに、どうやら本人は何も気づいていない様子だった」

眼鏡をとってもう一度相手を見て、驚くより呆れたと冬吾は言う。

岡っ引きは背中に、三、四人ほども亡者を背負っていた。

「そうなれば、障りがあるどころの話ではない。六間堀《ろっけんぼり》の源次親分の顔くらいは見知っていたので、声をかけた。——あんた、誰かに恨まれているんじゃないか、とね。黒い靄のようなものは、明らかに恨みの気をおびていたのでな」

よけいなお世話だと、その時は源次は言った。この稼業で、他人の恨みを買わないわけがねえ。

なに、あんたの身のまわりでおかしなことがひとつも起こっていないというなら、確かにいらぬ世話だった——冬吾がそう返すと、岡っ引きは怪訝な顔をした。が、何か言うより先に、突然息をつまらせて、首のあたりを掻き毟《むし》りながら道端に倒れ込んだ。

冬吾の目から見ればそれも当然で、亡者の一人が源次の首に指を食い込ませて、ぎりぎりと絞めあげていたのだ。

「野次馬が集まってきては面倒なので、とっととそいつの指を首から引き剝《は》がし、ついでに全員まとめて源次の背中から剝がして、追っ払った」

「え、そんなに簡単に？」

なんだかぺりっと紙でも剝がすみたいだわと、るいは思った。

「どいつもこいつも、薄っぺらい雑魚《ざこ》どもだったからな。それに、そいつらは引き寄せられていただけだ。源次を恨んで執着していたのは、そいつらではなかった」

目をさました源次に、冬吾は自分の名と九十九字屋の場所を告げ、困っていることがあればこちらで相談に乗ると言って、その場は別れた。

「幽霊がくっついているって、教えてあげなかったんですか？」

「いきなり亡者が取り憑いていると言ったところで、たいていの人間は『はい、そうですか』とはならんものだ。こっちも人助けでやっているわけでなし、しかも岡っ引き相手に言いがかりだなんだと揉めては始末におえんからな」

その気があれば自分から店に来るだろうと思っていたら、数日経って源次はやってきた。

「呆れたことに、背中にはまた亡者がてんこ盛りになっていた。話を聞けば案の定、もうずっと体調がすぐれなかったらしい。身体が重い、節々が痛む、ひどい頭痛がする。よく眠れないし、寝れば嫌な夢を見る。先日のようにいきなり息苦しくなることもある。それはそうだろうとしか、こっちは言いようがない」

死んだ人が背中で押しくらまんじゅうをしているんじゃ無理もないわと、るいも思った。

「他にも、家にいる時に誰かに見られているような気がしてならない、家の中の空気が妙にざわついている、女房までが具合が悪いと寝付いてしまった等々、とにかく気味の悪いことが立て続けに起こっていたらしい。源次のところは女房が料理屋をやっているんだが、おかげで少し前から店を開けることもできなくなっていた」

早々に手を打たなければ、命にも関わる。そこで冬吾は、源次の家へ出向いた。

「予想はしていたが、いるわいるわ、家に一歩入ると霊が佃煮にできるほどいた」

「美味しくなさそうですね」

「霊を引き寄せる物が家のどこかにあるはずだと思って調べると、いろいろと見つかった。おそらく人が殺された場所から採ってきたと思われる土。血痕のついた木片や端切れ、髪の毛の束。そういった、死者の遺恨や未練が染みついた物が家のあちこちに置かれていたというわけだ」

もちろん源次は気づいていなかった。住んでいる者の目に触れぬ床下や使われていない道具箱の中、そういった場所に巧妙に隠してあったと聞いて、るいは背筋が寒くなった。

(何、それ)

ものすごい悪意を感じる。

「確かに仕事柄、源次に恨みを持つ者もいるだろう。だが、家の中にまで入ってきて、そんな仕掛けができる人間は限られる」

「じゃあ、誰の仕業《しわざ》かはすぐにわかったんですか？」

「源次が下っ引きとして使っていた、寅吉《とらきち》という男だ。源次のところに頻繁に出入りしていたうえ、一時は家に住み込んでもいたらしい」

「そんな人が親分さんに恨みを？」

「寅吉には罪を犯して遠島になった過去があった。しょっ引いたのが源次だ。寅吉は島に流されたことを、根深く恨んでいたのだろうよ」

だが赦免されて江戸に戻り、源次のもとに挨拶にきた寅吉は、その恨みを露ほども顔に出さなかった。

親分さん、俺は心を入れ替えた。この二の腕の入れ墨を戒《いまし》めにして、これからはまっとうに、他人様の役に立つような生き方をしたいと思います。——そう言って深々と頭を下げた寅吉の言葉を、源次は疑わなかった。

行き場のない寅吉の住処を世話してやり、仕事がないならいっそ今度は捕る側になっちゃどうだと自分の下っ引きに雇って、捕り物のやり方を一から教えながら子分としてよく目をかけてやった。

実際、寅吉は役に立つ男だったらしい。器用で物覚えもよく、何を言いつけられても嫌な顔ひとつせずにこなした。度胸もよく、出過ぎた真似もせず、源次に対しては一事が万事恩人として接した。

後にわかったのは、そのすべてが、寅吉が胸にくすぶらせていた恨みの裏返しだったということだ。

「源次に人の魂胆を見抜く目がなかったわけじゃない。寅吉のほうが一枚上手だったんだ。思うに寅吉という男は、知恵は回るが性根の腐った、根っからの悪党だったのだろうよ。そういう人間は、自分に傷をつけた相手のことは忘れない。どんな手を使ってでも復讐しようとする」

怖いとるいは思った。幽霊の話なら何とも思わず聞いていられるのに、生きた人間のそういう話は、とても怖い。

「寅吉がどこでそんな呪術のようなものを覚えたかはわからない。もしかすると島で暮らしている間に、そういう知識を齧《かじ》った者と知り合ったのかもしれん。ともあれ、寅吉は表向きはすっかり改心したふりをして、従順な手下を装いながら、源次に呪いを仕掛けていったわけだ」

時間をかけて源次の家に、死者の念のこもった不浄の物を運び込んだ。その配置の仕方も一応、ちゃんとした作法にのっとっていた。ただし冬吾の目から見ればやはり素人の真似事で、おかげで源次は命を拾った。もしも正確に呪いが効力をもっていれば、岡っ引きはとっくに死者たちに取り殺されていただろう。

それほど執拗に恨んでいたのなら、いっそひと思いに刃で斬りつけでもすればよかろうに、そうしなかったのは、寅吉がおのれの手を汚すことを嫌ったからか。もう一度罪人として捕らえられ、しかも人を殺《あや》めたとあっては、今度は間違いなく首が飛ぶ。

あるいは、じわじわと憎い相手を追いつめながら、その目の前で素知らぬ顔で真人間を演じている自分を楽しんでいたのかもしれない。だとしたら悪党だ。寅吉は他人の信頼も善意も踏みにじって何とも思わない、冬吾が言うとおりの心底腐った悪党だ。

――俺は、善意に見せかけた悪意ってやつが、一番嫌ぇなんだ。

源次の吐いた言葉を思い返し、るいはそうかと思った。

きっと親分さんは、菅野の旦那という人を自分に重ねているんだ。自分が寅吉に裏切られたから、だからあんなふうに菅野の屋敷にあらわれる影のことも、何者かの悪だくみではないかと疑っているんだ。

「それで、寅吉はどうなったんですか？」

「死んだ」

「えっ」

「事が露見して、本人を問い詰めようとしたが逃げられた。そのまま行方をくらませるかと思ったが、何日かして川で寅吉の死体が見つかった」

るいは目を見開いた。

「まさか、身投げ……」

さあなと、冬吾の声は冷ややかだ。

「観念して自分で命を絶つような、殊勝な人間にも思えんが。寅吉の死が自殺か事故かは結局、わからなかった。……だが」

誰かを呪えば、呪った側も命を縮めることになる。術が破られれば、呪いは仕掛けた本人に跳ね返る。そういうものだと冬吾は言った。

「人を呪わば穴ふたつ。呪われた者と呪った者、その両方の墓穴が必要になるという意味だ。覚えておけ」

二階にあがっていく冬吾を見送って、るいはぶるっと肩を震わせた。こういうのを肝が冷えるというのだろうか、腹の底から寒くなった気がして、るいは火鉢ににじり寄った。

手をかざして、火の暖かさにほっとしたとたん、

「あ、お父っつぁんたら、また」

火鉢がごとごとと動いて、壁のほうに引っぱられていった。そういえばお父っつぁんのことを忘れていたわと思いながら、るいはぷうっと頰を膨らませた。

「だから独り占めしないでってば。あたしだって寒いんだから」

上にのせたままの鉄瓶を慌ててどけている間に、作蔵は壁から伸ばした腕で火鉢をすっぽりと抱きかかえ、ついでに顔も突き出した。

「いやはや寅吉ってなぁ、ロクでもねえ野郎だな。気分の悪《わり》ィ話だったぜ」

「うん。信じていた人間が本当は自分を恨んで殺そうとしていたなんて、酷いよね。そんだけこっぴどく裏切られたら、親分さんががっかりして腹を立てるのは当然だよ」

るいは憤然として言ったが、作蔵は怪訝な顔をした。

「腹を立てる？　あの源次って親分がか？」

「そうでしょ。だから今回の菅野の屋敷にあらわれる影のことだって、正体を知りたいって言ってきたのは、菅野甚九郎という人が影を自分の妻だって信じているのを見て、自分みたいに騙されているんじゃないかって思ったからでしょ」

もしそうなら許せないと、源次は言ったのだ。

「そりゃそうだろうが、腹を立ててるってなぁ少し違うんじゃねえか」

「どうしてよ」

「俺ぁあの源次親分のことはよく知らねえし、岡っ引きのこともわからねえ。けどよ、寅吉が江戸に戻って挨拶に来た時、親分は嬉しかったんじゃねえか。てめえがしょっ引いた男が、真人間になって帰ってきた。仕事をひとつひとつ教えて、そいつが上手くこなすたびに、やっぱり嬉しかっただろうと思うぜ。——俺も左官だった頃は、まだ鏝《こて》の持ち方も知らねえ新入りのガキに一から仕事のやり方と左官の心意気ってやつを叩き込んで、そいつが一人前になった時にゃ、そりゃ嬉しかったもんだ」

「だったらよけいに、酷いって話じゃない」

源次のそんな想いさえも、寅吉は自分のねじくれた恨みのために利用したのだから。

「嬉しいの反対は、悲しいだ。寅吉が端からてめえを騙してたってわかった時、親分は腹を立てるより悲しかったんじゃねえか」

「え……」

「そりゃ、はらわたが煮えくり返りもしたかもしれねえ。だがな、るい。大の大人をなめてんじゃねえぞ。おまえが同情なんぞしなくたって、それこそ修羅場をたんと経験してきた岡っ引きだ、てめえの怒りを腹の中におさめるすべくらいわかってるだろうよ。……あの親分が心配してんのは、菅野の旦那ってのがもし自分と同じように騙されていたら、自分と同じに悲しい想いをするってことじゃねえかと思うんだがな」

るいは、壁に浮き出た作蔵の顔を見つめた。

善意に見せかけた悪意が嫌いだと、源次は言った。それは——目に見える悪意よりも、もっとずっと酷く、人を傷つけるものだから。悲しいものだから。

「まあ、なんだ。屋敷に出る影が本当に久って女ならいいと、一番そう願ってるのはあの親分だろうよ」

火鉢を抱えてぬくぬくと暖まりながら、作蔵はしんみりそう言った。

四

それから三日後。

ぐずぐずと居据わっていた雲がようやく去って、朝からきれいな青空が広がったその日、源次は約束どおり九十九字屋にやってきた。

影の正体を見たらすぐに帰ってきて報告しろ、何を見てもよけいなことはするな——と、店を出る前に冬吾にくどいほど念を押されて、よけいなことって何かしらとるいは首をかしげながら、源次とともに八丁堀へ向かった。

八丁堀には与力・同心の組屋敷がある。大川を渡り、日本橋《にほんばし》川を渡り、木戸を過ぎると武家地の通りに出た。両側に並ぶ町方同心たちの屋敷は、板塀に柱を二本立てただけの木戸門という質素なもので、ゆえにこの界隈は口の悪い町人たちから『貧乏小路』と呼ばれているらしい。ただしそれは見た目だけで、町方ってのは方々から付け届けがあるから、そこらの下っ端の武家よりよほど羽振りがいいんだぜと、通りを歩きながら源次は声をひそめてニヤリとした。

「先方の恭二郎様と美代様には、もう話を通してある。生憎《あいにく》と今日は恭二郎様は非番じゃねえから、諸々は美代様にお願いするしかあるめえ」

菅野の屋敷に到着すると、三十半ばとおぼしき女性が出迎えた。ふっくらと丸みをおびた身体つきをしている。多分同じように丸かったであろう顔が、今は顔色が悪く面やつれしているのが一目でわかった。

「美代様。こちらが先日お話しいたしやした——」

源次の身振りにあわせて、るいは頭を下げた。

「るいと申します」

あら、と美代は少し目を瞠《みは》った。

「こんなに若い娘さんだったのですね。私、そういうお仕事をなさっている年季の入った方だとばかり、勝手に思っていて」

自分の思い違いが可笑しかったのか、ちらりと笑顔を見せた。表情が和んで、なるほど源次が言っていたように、もとはおおらかな女性なのだろうと思わせる。

もしかすると、鳴り物入りの巫女さんか、袖や裾がびらびらした派手な格好の祈禱師――といっても、るいはどちらもよく知らないのだが――みたいな相手を想像していたのかもしれない。それなのに、やって来たのがあたしみたいな町娘だったから、この人はきっと吃驚《びっくり》したのだろう。そんなことを思ったら、るいもなんだか可笑しくなって、それまで緊張して強張っていた身体がほおっと緩むのを感じた。

座敷に通され、すぐに美代が茶を運んできた。どうかおかまいなくと源次は恐縮してから、

「それで、菅野の旦那は今も離れに？」

「はい。先のお話のとおりに、源次さんがいらっしゃることは義父には伝えておりません」

「坊ちゃんと嬢ちゃんは」

「手習いに行っております」

恭二郎夫婦には十一歳の息子と八歳の娘がいると、屋敷へ来る道すがら、るいも源次から聞いていた。

「お子さん方は、影のことはご存じなんで？」

もちろん知らないわけはないが、子供たちがどのような様子なのかを、源次は知りたかったのだろう。

ええ、と美代はうなずいた。

「直之助《なおのすけ》も千世《ちよ》も、私と一緒に度々あの影を見ておりますから。怖がらせないように、あれはお婆様なのだと言い聞かせておりますけど、そう言いながら私のほうがなかなか慣れることができずにいるものですから、子供なりに家の中でおかしなことが起こっていると気づいてはいるようです」

美代はため息をこぼした。過日は源次に対して何も知らないと口を閉ざしたが、今はむしろすっかり打ち明けたい、聞いてもらいたいと思っているようだった。

「じゃあ、やっぱり怖がっていなさるんですかね」

「それが……」一瞬、美代は言いよどんだ。「こういう時は、子供のほうが気丈なものなのでしょうか」

二人とも、怖がっている様子ではないらしい。直之助は「母上、大丈夫です。あれはお婆様です」と逆に母親を力づけるように言ってくるし、千世などは影を見つけると追いかけていって、まるで一緒に遊んでいるかのようだという。

「そいつぁ、お二人とも肝が据わっていなさる。さすが、旦那のお孫さんだ」

源次はなんだかホッとしたような顔で、うなずいている。

きっと子供たちがそんなふうだから、この人も持ちこたえていられるのだろうと、るいは思う。でなければ、冬吾が言っていたように、影に怯えつづけて本当に気がおかしくなっていたかもしれない。

そんなことを考えていたら、いきなり「るいさんは」と視線を向けられて、るいは慌てて背筋を伸ばした。

「はい」

「平気なのですか？　その、幽霊のようなものをご覧になっても」

「あ、ええっと……見た目が怖くなければ」

相手に首がなかったりしたら、さすがにぎょっとする。あと、血だらけだったり凄い形相で怒っているのを見かけても怖いと思うが、それは生きている人間でも同じだから、幽霊であることはあまり関係ないかもしれない。

すいやせんそろそろ、と源次は腰を浮かした。

時刻は昼四つ半（午前十一時）を少し過ぎた頃だ。甚九郎はいつも九つ（十二時）きっかりに、昼餉のために母屋に来るという。

甚九郎に悟られないようにどこかに隠れて、まずは昼に離れを訪れる影の正体を見極めようという算段だった。

庭に出てそっと離れをうかがえば、縁側の障子はぴったりと閉ざされている。しばらくここだあそこだと足音を忍ばせて場所を探して、結局るいたちは菜園の仕切りになっている網代垣《あじろがき》の陰に落ち着いた。

垣の高さは四尺ばかりで、身を屈《かが》めれば十分身を隠すことはできるし、そこからなら庭に面した甚九郎の部屋もよく見えた。

「九つの鐘が聞こえたら、声を出しちゃなんねえぞ」

源次は垣の上から頭を出して離れを睨みながら、言った。

「わかりました」

るいのほうは、しゃがんで垣の横から顔だけ突き出している。

「旦那が障子を開けて出てくる前に、頭ぁ引っ込めろよ。ここにいるのがばれたら、言い訳が面倒だ」

「合点、承知です」

なんだか見張りをしている親分と新米の手下の会話みたいだ。

そうこうしているうちに、九つの鐘が鳴りだした。るいは網代垣から身を乗り出すと、息を詰めて離れの障子を見つめた。

「……あ」

鐘が終わるとともに、白い障子の面に影が差した。

確かに人影だった。すうっと、まるで誰かが縁側に立ったように。

(あれ……?)

その影の本体があるはずの場所に目をやって、るいは何度か瞬《まばた》きした。思わず垣から肩まではみ出るほど前のめりになって、いよいよ障子の影を凝視した。

と、あらわれた時と同じように、影は唐突に消えた。つづいて、障子が引き開けられた。

（あれ、あれえ？）

危なかった。すんでのところで源次がるいの肩を摑んで引き戻さなければ、見つかっていたところである。

部屋を出た甚九郎が廊下を渡って母屋に姿を消すのを見届けて、源次は網代垣の陰で大きく息を吐いた。

「捕り物にゃむかねえな。頭を引っ込めろと言ったろうが」

「すみません」

「それで」

源次は待ちかねたように、ぐっと身を乗り出した。

「どうだったんだ。久様だったのか？」

そう訊かれても、そもそもるいは久本人を知らないので、せいぜい見たものの年格好や特徴を告げるしかない。

しかし。

「それがその」

るいは困った。

「どうした？　何だ？」

「……何も見えませんでした」

「はぁ？　どういうこった」

「ですから、あそこには何もいなかったんです」

どれだけ目を凝らしても、人影の本体であるはずの何者か——など、そこにはいなかった。

障子に映っていた影は、本当に、ただ影だけだったのである。

「ほう。何もいなかったというのか」

八丁堀から九十九字屋に戻り、自分が見たこと……というより、見えなかったことをるいが報告すると、冬吾はどこか面白そうに言った。

板の間の上がり口に腰を下ろしていた源次が、やれやれと頭を振る。

「これじゃ正体も何もあったもんじゃねえ。どういうこった、一体」

なあ本当に影だけだったのかと、るいに向かって訊くのも、もう何度目かだ。

「嘘じゃありませんよ。何か見えたのなら、ちゃんとそう言います」

そうだなと、源次はうなずいた。

「おまえさんが嘘をつく理由なんざないわな。とすると、どうしたものか」

「それで、あちらの家ではそのことを言ったのか？」

冬吾が訊くと、「そりゃ、美代様の前を素通りでお暇《いとま》ってわけにはいかねえや」と源次は肩をすくめた。

甚九郎が昼餉を終え離れに戻るのを待って、あれは久であれ他の何者であれ霊の仕業ではないと美代に告げた。

しかし、ではどうして影だけが映るのかと訊かれても、答えようがない。

美代は顔色をまた青くして、「そうですか」とだけ言い押し黙ってしまった。結局、奇妙な現象が起こっていることにかわりはないし、彼女の怯えが消えることはない。影の正体が何者であろうとわからないよりはマシと、いったんは覚悟も決めたに違いないのに、まさか正体どころか正真正銘ただの影だったという話になるとは思ってもいなかったろう。

「母屋に出るほうの影は、見たのか？」

「はい。屋敷で昼餉をご馳走になって、源次さんとそれを食べている時に――」

突然、玄関のほうから声がしたのでそちらに行ってみると、美代が「あれを」と外を指差した。

玄関から木戸門の間には踏み石が並んでいる。そこに人影が踊っていた。

「どう見てもありゃ、子供の影だった。そいつが石から石へぴょんぴょん飛んでいやがるんだ」

「遊んでいるみたいでした」

源次とるいが交互に言う。

そしてその影も、やっぱり本体はなかった。影だけだったのだ。

「なるほどな」

冬吾は眼鏡の奥で目を細めた。

「こうなると俺にゃ、もうわけがわからねえ。なあ、あんたはどう思う。影だけってなあ、不吉なことじゃねえのか？　菅野の家に恨みを持つ輩《やから》がいて、こういうことをしでかしてるってことなんじゃ――」

「まあ、待て」

ぐっと顔をしかめた源次を宥めるように、冬吾は手をあげた。

「恨みや悪意による所業なら、とっくにその兆候は出ている。ところが菅野の家族は御新造がびくびくしているくらいで、皆すこぶる元気そうだ。第一、影だけが出てきたところで、何の役に立つんだ」

「そりゃまあ、そうだが」

「とりあえずこれで下見はすんだということで、次は私が出向くとしよう」

「次ってえと」

「菅野恭二郎の非番の日ならば、都合がいい」

ならば明日だと、源次は言った。

「では明日、天気がよければ。ただし、刻限は昼を過ぎてからだ。さすがに二日つづけて、昼餉時にあちらに押しかけるわけにもいかんだろう」

「承知した。――頼むぜ。このままじゃ俺ぁ、気になってしょうがねえ」

そこで寸の間黙り込み、鬼瓦が渋い顔になる。

「けどなぁ。影だけだと知ったら、菅野の旦那はどう思いなさるか。久様がそこにいると信じておられるのによ」

晴れたら明日も迎えに来ると言って、源次は引きあげて行った。


店先で源次を見送ったるいが中に戻ったとたん、

「あぁ、隠れてるのも骨が折れるぜ」

土間の壁が大声で言った。

「何よ、お父っつぁん」

「親分がそばにいちゃ、どこにいたって声も出せやしねえ」

ぞぞっと壁が波打って、作蔵の顔が浮かび上がった。

「なあ、おい。俺ぁ見たぜ」

「見たって、何を?」

「髪に白いものの混じった、六十絡みの武家の女だ。あの屋敷の中でな」

当然ながら、作蔵も今日、るいにくっついて一緒に菅野の屋敷にいたのだ。

「えっ」

るいはぽかんとした。

「もしかしてお父っつぁん、久様を見かけたの!?」

「知るかよ、会ったこともねえ女だ。……けどまあ、あそこにいたのなら、そういうことじゃねえか」

「だって、あたしには何も見えなかったよっ」

「他にもいたぜ。ちっこい女の子とか、若い娘とか。赤児を抱いた武家の妻女もいたな」

「そんなにたくさん……!?」

(どういうこと?)

るいは思う。あたしには全然、見えなかった。気がつかなかった。

「冬吾様、ひょっとするとあたし、死んだ人の姿が見えなくなったんでしょうか?」

「むしろおまえには幽霊しか見えていないということだ。それも、亡者も生きている者も一緒くたに、目で見ているだけだからな」

これまでもそれは何度も聞いているけれども、相変わらず意味がわからなくてるいは首を捻る。

(ええと、あたしには幽霊しか見えてないということは……あたしに見えないなら、それは幽霊じゃないってことで……)

じゃあ、お父っつぁんが見たものは、一体何なのかしら。どうしてお父っつぁんにしか、見えなかったのかしら。

冬吾は土間に下りてきて、作蔵と向き合った。

「どんなふうに見えた？」

「どれもこれも、薄ぼけてたな。なんかこう、妙だったぜ。上手く言えねえんだが、そこにいるのにいねえような。それでいて、死んだ人間て感じでもねえような」

「いたのは女ばかりか？」

「俺が見たのはな」

「それぞれ別人か、それとも同じ顔をしていたか」

「あらわれたかと思うと、すぐにまた消えちまうんだ。顔なんざよく見てねえよ。……けどまあ、言われてみりゃ、似てたかもな。ああ、娘と女の子なんざ、並べりゃ姉妹かってくらい顔立ちが似ていたな」

冬吾はしばらく考え込むようにしてから、

「他にはないか。屋敷にいて妙だと思ったことは」

「妙だといや、あの家の壁にいる間はずっとおかしな気分だったぜ。なんてぇか、こう、無闇に寂しいような、ぽっかりと壁に穴が開いたような」

「それを言うなら、胸に穴が開いたじゃないの？」

すかさずるいが言えば、うるせえやと作蔵は顔をしかめた。

「それでいて懐かしいような……。なんだか、ひどく切ねえんだよ。なんだってそんな気分になるんだか、さっぱりわからねえ。わからねえのに俺は、気がつくとずうっと同じことを考えていてよ」

――いたのになあ。いなくなったなあ。ここにも、あそこにも、いつもいたのになあ。

自分でそう考えているというより、何かが耳元でそう呟いているようでもあったという。

（いたのに、いなくなった？）

「それって……」

言いかけて、るいは口を噤《つぐ》んだ。冬吾を見ると、懐手でまた何か考え込んでいるようだ。

けどよ、と作蔵の声がしんみりとした。

「そいつぁ、まんざら知らねえ気分でもなかった。思い出しちまったよ。……お辰《たつ》が、女房が死んだ後にな、俺ぁ、しばらくこんな気分だったよなあってよ」

お父っつぁんと、るいもしんみり言った。

「おっ母さんに惚れていたんだね。あんなに怒鳴られてばかりだったのに」

「はあぁ？　馬鹿を言うねい、お辰のほうで俺に惚れて、女房にしろって押しかけてきやがったんだよ！」

「俺と夫婦になってくれ、なってくれなきゃ大川に身投げするって、お父っつぁんがおっ母さんに土下座して頼んだって聞いたけど」

「うおっ、誰がそんなことを!?」

「お父っつぁんが世話になってた左官の親方と、もといた長屋の大家さんと、長屋のおかみさんたちと、左官仲間の正太《しょうた》さんと留吉《とめきち》さんと一助《いちすけ》さんと……」

「なんだとぉ、あいつらよけいなことを、べらべらと！」

親子の騒々しいやりとりを尻目に、冬吾は懐手をしたまま「明日も晴れそうだな」と呟いた。

五

冬吾の言ったとおり、翌日も快晴であった。

しかし明るい陽射しとは反対に、迎えに来た源次の表情はどんよりと沈んでいる。

「……影ってな、何なんだ。物があるから、できるもんじゃねえのかい。何もねえのに影だけあるなんてことが、あるわけねえだろうが」

八丁堀へ向かう道すがら、足下にできた自分の影を睨んで、そんなことをぶつぶつと呟いた。

「大丈夫ですよ、親分さん」

見かねて、るいは声をかけた。

「きっと、悪いことにはなりません」

大丈夫だとるいは思う。どうしてかはわからないけど、そんな気がしている。

「冬吾様がちゃんと解決してくれますから」

わずか遅れてついてくる冬吾が苦笑する気配があった。

振り返った源次に九十九字屋の店主は、

「実際に行ってみなければ確かなことはわからんが、少なくとも、昨日も言ったように菅野の家の人間が誰かの恨みを買ったという話ではないだろうよ」

淡々とそう言った。

屋敷に到着すると、美代が出てきて怪訝な面持ちで三人を迎えた。何しろ昨日の今日である。すぐに恭二郎も玄関に顔を出した。

源次が「先に話した九十九字屋を連れてきやした」と言えば、冬吾が自分がその九十九字屋の主だと挨拶し、恭二郎と初対面のるいは相手が町方同心の旦那なので、おっかなびっくり頭を下げた。

「――美代から聞いたが、この家にあらわれる影には正体はなく、本当にただの影にすぎないという話だが」

三人を座敷に通すと、恭二郎が困惑したようにまず口を開いた。

「それはそうなんですが、といって、このままほっぽっとくわけにはいかねえと思いやして。あんな影が家の中をうろちょろしてたんじゃ、皆さん落ち着いて暮らせやしねえでしょう」

出過ぎたこととは思いやすが、あっしはこの家の皆さんが心配なもので。源次が言えば、「いや、助かる」と答えて恭二郎は視線を冬吾に向けた。

「あの影を消す方策があるのか？」

その前に屋敷の中を少し調べたいと、冬吾は言った。

「なに、見てかまわない場所だけで、けっこうですので」

「わかった。しかし、離れのほうは――」

「重々承知しています。あちらには顔は出しませんよ」

しかし何かの用向きで甚九郎が母屋に顔をのぞかせないともかぎらない。いっそ源次が離れに訪ねていって、茶飲み話でもして甚九郎をそちらに引き留めておくのはどうかと、冬吾は提案した。

「そうだな。……そうと決まりゃ、手ぶらでってわけにゃいかねえ。ちょいとひとっ走り出て、茶菓子でも買ってくらぁ。そいつを手土産に、旦那に挨拶に行くとしよう」

菓子なら美代に買いに行かせると恭二郎が言うのを、とんでもねえと首と手を振って、源次は屋敷を飛び出していった。

「あの、あたしは？」

何をお手伝いすればとるいが訊くと、「そのへんで大人しくしていろ」という冬吾の返事である。

「はあ」

仕方がないので、冬吾が家の中を歩き回っている間、るいは縁側に出てあたりを見回した。もしや作蔵が言っていた女の子やら娘やら武家の妻女の姿が見えないかとよくよく目を凝らしてみたのだが、

(やっぱり、何も見えないわねえ)

「ねえ、お父っつぁん」

あたりに気を配りながら近くの壁に身を寄せて、そっと呼ぶ。すると、「なんでえ」とすぐさま声が返った。

「今も、女の人の姿が見える？」

「おう、見えてるぜ」

「え、どこどこ!?」

「そこの庭で、ちっこいのが鞠を投げて遊んでらあ」

慌ててそちらに目をやると、一瞬雲がよぎって翳《かげ》った後、ふたたび明るくなった地面

に黒い水溜まりみたいな影が生じていた。

冬の陽とはいえまだ八つ（午後二時）前という刻限であるから、影の丈は短い。だが、ぽんぽんと投げ上げるように動く鞠の影が見えて、なるほど遊んでいるのだとわかった。

「あの影のところにいるの？」

「おう」

（それって、つまり……）

るいは首をかしげた。この屋敷には幽霊ではなく、もちろん生きた人間でもないのに姿のある者たちがいて、影はその足下にできたものだということだ。

ますます訳がわからないわねと思っているところに、家の中を一巡りした冬吾が戻ってきたので、るいは急いで縁側を離れた。

「冬吾様」

一応、庭の影のことを報告しようとして、るいはあれと思った。冬吾が眼鏡を外していることに気がついたからだ。

「何だ」

あそこにと、るいは鞠で遊んでいる影を指差した。「お父っつぁんは、あそこに女の子の姿が見えると言ってます」

冬吾は縁側ごしに庭をしげしげと眺めてから、小さく鼻を鳴らした。

「見えますか?」

「影しか見えん」

なんだと、るいはちょっとがっかりした。

(眼鏡をしていなくても、やっぱり見えないのかぁ)

そこへ恭二郎がやってきて、離れをのぞいたが源次が上手く父の相手をしてくれているようだと言った。

その源次を除いて、あらためて皆が座敷におさまったところに、美代が茶を運んできた。妻も同席してかまわぬかと恭二郎に訊かれ、当然のことと冬吾はうなずいた。

「何かわかったか」

家の中を歩き回って何を調べたのかと、そこはやはり怪訝に思っていたらしい。恭二郎の問いかけに、

「ええまあ、いろいろと」

冬吾は素っ気なく応じた。

「それは――」

「先にお訊ねしたいのですが」

すごいわ、とるいは思う。冬吾様って、お武家相手でも偉そうだわ。

恭二郎は何か言いかけた口を、閉ざした。気を悪くしたふうはない。その気安さも、日頃町人とつきあいの深い町方同心ならではなのだろう。

「もしや甚九郎様は、養子であられるのでは」

恭二郎はうなずいた。

「そのとおりだ。菅野の家にはその当時、家を継ぐ男子がいなかったので、親戚筋から父を養子に迎え入れた。母はこの家の一人娘で、当初から父はいずれその娘婿になるという約束であったそうだ」

その時甚九郎は十二歳、久は七歳だったという。

「とすると、やはりこちらは久様の生家でしたか。甚九郎様より五歳下ということは、久様は今年六十であられたのですね」

「そうですが」

それが何かと、美代は表情で問う。

「単刀直入に申し上げますと」冬吾は、何事でもないようにさらりと告げた。「この屋敷の母屋と離れにあらわれる影は、すべて久様に間違いありません」

「母だと？　……しかし」

対して恭二郎は困惑を隠さない。

「それではやはり、母の亡霊だというのか。しかし昨日は、何者かの仕業ではない、ただの影だと言っていたではないか」

「ええ、亡霊ではありません。あの影は、死んだ者の意思とは何の関係もないものですよ」

「では一体」

「――あれは、記憶です」

「記憶？」

意外な言葉に、恭二郎は眉を寄せた。美代も目を見開く。

(え、え？　どういう意味？)

るいも思わず、傍らで冬吾の横顔を見つめた。

「すまぬが、もう少しわかりやすく説明をしてもらえぬか」

「いいでしょう。実はこれと似たような話を、以前に聞いておりましてね」

名はあかせないが、とある旗本の屋敷で起こった事件だという。

そこの奥方が亡くなり、ほどなくその幽霊が出るという噂が立った。屋敷の庭の一角に見事な大きな梅の木があるのだが、その枝を見上げるように佇む奥方の姿が、日中でも度々目撃されるようになったのだ。

主人である旗本某は、はじめのうちは「幽霊などというものがいるわけはない」と噂を一笑に付していたが、あまりに使用人たちが騒ぐので、ついにおのれの目で確かめることにした。

すると、なるほど梅の木の傍らに亡き妻の姿があった。身体は半分透き通って色も薄く、いかにも幽霊らしい。近寄って声をかけてみたが反応はなく、何の未練でこの世に残っているのかと問いかけても返事はない。触れようとしても、当然、霞を掴むごとくに伸ばした手が突き抜ける。妻はただ、花が咲くのを待ちわびるかのように、ぼうっと枝を見上げているばかりだ。

放っておいても障りはないように思えたが、怖れをなした使用人たちが次々と屋敷から逃げだしてゆくのは困った。そこで祈禱師や僧侶を幾人も屋敷に呼んで妻を成仏させようとしたが、どういうわけか誰一人として成功しなかった。

すると、最後にやってきた祈禱師が言った。

——これは奥様ではありません。こうして姿が見えていても亡霊ではないのですから、私どもには祓うことも成仏させることもできません。

では何なのかと訊くと、この梅の木が見せている幻だと言う。

——この木は古木ゆえ、そのような力を持ってしまったのでしょう。怪異をおさめるには、木を伐ってしまうよりありません。

そこで旗本某が梅の木を伐り倒すと、果たして奥方の姿は二度とあらわれることはなくなった——と、冬吾は話を結んだ。

「そんな、なにも伐らなくたって」

なんだかずいぶん情のない結末のような気がして、るいは思わず言った。

「この話の要点はそこじゃない」

冬吾は横目でるいを睨む。

「だって、梅に悪気があったわけじゃないでしょう。きっとその木は、亡くなったその奥様のことが好きだったんですよ。だから奥様がいなくなったことが悲しくて、懐かしく思って、それで……」

言いながら、るいはあれれと思う。なんだか、どこかで聞いたような話だ。

「そのとおりだ」

「え？」

「奥方はその梅の木をたいそう好んで、花の咲く時期にはよく枝を見上げて今年も見事だ美しいと木に話しかけていたそうだ」

年経た古い樹木には妖力が宿る。愛《め》でられ話しかけられ、いつしか梅の木はまるで人間のように奥方を慕うようになっていたのだろうと、冬吾は言った。

「不思議な話ですね」なんとも切ないようなと美代が感じ入ったように呟いた傍らで、
恭二郎はゆるゆると頭を振った。

「しかし、それがあの影と何の関係があるのだ？」

「申し上げましたように、古い木や石には力が宿ります。器物は大切に扱われて百年で、付喪神《つくもがみ》という妖物に化ける。長い年月のうちに、物は魂が宿りおのれの意思を持つこともあるのです」

「だから、それが一体」

「もちろん、おのれが過ごしてきた年月の記憶も」恭二郎を制して、冬吾はきっぱりと言った。「旗本の屋敷にあらわれた奥方は、幻というよりも梅の木が持っていた記憶の中の姿だったのでしょう。古木の妖力によって、それが人の目にも映るようになり、目に見える怪異となってしまったのです」

記憶、と恭二郎はふたたび繰り返した。

「ですから、同じことがこの家でも起こったのではないかと、私は思ったのですよ。この家にあらわれる影は何者の霊でもない。なのに目に見えている。――ならばそれは、何者かの記憶によって、ふたたび出現しているものではないかと」

その言葉に、誰のと美代が小さく声をあげる。

冬吾は淡々と言い放った。

「この家。この屋敷、そのものです」

しばしの間、冬吾をのぞいた誰もが、呆気にとられて声を失っていた。

「あの、冬吾様」

るいは、おそるおそる口を開いた。

「この屋敷……って、あたしたちが今いる、この家が？　だって、建物ですよ？」

「石木しかり、器物しかり。家屋とて、相応の年月が経てばそれなりに力が宿って不思議はなかろう」

「え、でもでも」

頭を抱えているるいを尻目に、冬吾は目の前の恭二郎夫婦に視線を据えた。

「人の理や常識に添わぬものを『不思議』と呼ぶのです。この世にいるのは人間ばかりではない、ゆえにこのような『不思議』は世にいくらでもあるのですよ」

しかし……と、恭二郎はようやく口を開いた。

「確かにこの組屋敷は古くはあるが、それでは他の屋敷でも同じにおかしなことが起こるはずではないのか。八丁堀に七不思議はあっても、家に魂が宿る怪異など聞いたことはないが」

「他の屋敷にはなかった要因が、いろいろと重なったのでしょう」

「その要因とは」

「先ほど家の中を見せていただきましたが、小さなところまでよく手入れしておられますね」

それは義母上がと、美代はうなずいた。

「雑巾がけひとつとっても、日々丁寧になさっておいででした。壊れたものがあればけしてそのままにはなさらず、手ずから修繕なさって。今はそれも私の役目ですが、恥ずかしながら義母には到底およびません」

嫁の立場での謙遜ばかりではないだろう。家の中だけではない、庭の草木や外の垣根にいたるまで、よく目配りされていた痕跡がある。そこここに亡き人の気配が、未だ染みついたように消えず残っていた。

「女子は常なら嫁に行き家を離れるものですが、久様には甚九郎様がおられた。昼間はお務めに出られる甚九郎様に代わり、家を守っておられた。この屋敷に生まれてから亡くなるまで、久様はずっとここにおられたのです」

六十年と一口に言っても、それは長い歳月だ。それだけの間ずっと、身近にいて大切にしてくれる人間がいたのなら。

「それこそただの物であった屋敷が、文字どおり物心がつくには、十分な年月だったと思いますが」

「ではあの影は、この屋敷が義母を想い懐かしんで見せたものだというのですか」

半分納得したような、けれどもやはり信じがたいというような口振りで美代が言う。

「いくら魂が宿ったとしても、屋敷が……そのようにまるで人間のようにはっきりとした感情を持つものなのでしょうか」

しきりに胸元で両手を揉み合わせているところをみると、今にも家がしゃべりだすのではないかと怖れてでもいるようだ。

「もちろん、人間以外のモノの意思のありようを、人間の尺度ではかることはできません。生まれたての赤児か、犬猫のようなものなのか、それとも虫程度のものなのか。あるいは人より長く存在するがゆえに、人を超えるものなのか。そんなことは誰にもわからない。――わかるのはただ、久様がいなくなって、この屋敷は寂しかったということです」

ふとるいは、作蔵が言っていたことを思い出した。

――いたのになあ。いなくなったなあ。ここにも、あそこにも、いつもいたのになあ。

まるで、何かが耳元でそう呟いているようだった、と。

「けれど、それだけならばまだ、何も起こらなかったかもしれません」

そのままならば、今回のような騒ぎにはならなかったのではないかと、冬吾は言う。

おそらくはじめのうちは、この屋敷にはまだ感情と呼べるほどはっきりしたものはなかったはずだ。寂しいと感じても、それが「寂しい」という感情であるとは知らなかったはずなのだ。

だが。そのぼんやりとして曖昧《あいまい》なものに、明確なかたちを与えた要因が、この家の中にあった。

悲しい、寂しい、懐かしい。――久が死んで以来、ずっとその喪失感を抱えていた者が家の中にいた。屋敷に人と同じ感情が生まれたとしたら、それはその者の想いを間近に感じとって、まるで幼子がひとつひとつ言葉をおぼえるように、おのれの中でかたちにしていったからだ。

美代ははっとしたように、揉み合わせていた手を止めた。

「父上か……」

恭二郎が呟いた。

「十二歳でこの家に養子として入られたのなら、それ以来ずっと甚九郎様は久様と一緒におられたわけだ」冬吾はうなずいた。「許婚となり、夫婦となられて五十年以上。この屋敷の六十年にはちと足りませんが、それだけの年月お二人が伴侶であったのなら、無理からぬことと思いますね」

「ううむ」

恭二郎は掌で自分の顔を撫でると、大きく息をついた。

「理屈はわかる。頭ではわかるのだ。……だが、そちらの話はどうもいろいろとその、私がこれまで見聞きしてきた類のものとは勝手が違っていてな」

疑っているのではないと、重ねていう。しかし、受け入れるよりも先に、困惑する。

「つまるところ、この屋敷が母のかつての姿を思い出していて、我々にもそれが見えているということなのだな。ともかく、この屋敷にはそういう力がある、と」

そこは納得したようだ。

「だが、それがあの影だというのなら……そもそもなぜ母そのものの姿ではなく、影だけなのだ？」

「さて」

冬吾はあっさりと、わからないと首をふる。

「仰るように、なぜ我々には屋敷の持つ記憶の中の影しか見えないのか。あるいは、それが見えるのか。その問いかけに答えられる者はおりませんよ。これは、そういう現象が起こった、ただそれだけのこと」

だからこその『不思議』ですと、九十九字屋の店主は言った。

「あの……あなたは、私どもが見かける子供らしき影や振り袖の娘の影なども、すべて義母だと言われましたけれども。それは……義母の若かりし頃のものということなのでしょうか」

美代が小声で訊ねた。

「ええ。幼い頃、長じて娘となった頃、結婚し若妻であった頃、その折々の姿を屋敷は記憶にとどめている。母屋に出現する影が様々に違うのは、そのためですよ」

(あ、そうか)

冬吾の言葉で、るいは腑に落ちた。

実を言うと、母屋と離れであらわれる影が異なるのはなぜだろうと、不思議に思っていたのだ。考えてみれば当然で、離れは最近になって建て増しされたものだ。久が子供の頃には、母屋しかなかった。

(記憶ってことは、要するに思い出ってことだもの。離れに出入りしていた頃には、久様はもうお年を召していたのだし、このお屋敷もその姿しか覚えていなかったんだわ。

子供の頃の影が、離れに出てくるわけがないんだ）

そうかそうかと、なんだかすっかりわかったような気になったるいである。

だが。

「私には、やはり、あの影が義母上だとは思えません。どうしても、信じられません」

美代は頭を振ると、硬い表情で言った。意固地にも聞こえる口調に、どうしてですかと冬吾がやんわりと返す。

「義母は立ち居振る舞いの美しい、品のある人でした。子供の頃から行儀がよく淑《しと》やかであったと、義父から聞いております。なのにあの子供の影は、跳ねたり走ったり、まるで猿の子のように木に登ったり。娘のほうも、ばたばたと動き回ってはしたなく落ち着きません。武家の娘があの振る舞いでは、他人様から誹《そし》られますでしょう。あれは義母ではなく、別人です」

以前に夫にそう言ったのと同じように、美代はきっぱりと否定した。

その時だった。

「――よいかな」

声とともに、座敷の襖が開いた。

「父上」

そこにあらわれた甚九郎を見て、恭二郎がぎょっとした声をあげた。

襖のむこうには源次もいて、こちらに向かって「すまねえ」と片手拝みをしている。

どうやら、甚九郎を離れに引き留めきれなかったらしい。

「まったく、おまえたちは。よほどこの儂が耄碌《もうろく》したと思っておるようだな」

そう言う甚九郎は、髪や眉に白いものが目立ちこそすれ、肌の色艶もよく、身体もぴんと張って、六十半ばという年齢にしては壮健な風情である。穏やかな風貌をしていた。

「い、いいえ。そのようなことは、けして。……しかし、どうしてこちらに」

恭二郎が慌てて譲った座にゆったりと腰を下ろし、甚九郎はやれやれというように、肩を揺らした。

「二日つづけて源次が来ていて、しかも昨日は一言の挨拶もない。何事かと思うのは当然ではないか」

(え、昨日のことを?)

るいは目を瞠《みは》り、源次を見た。

「すっかりお見通しだったのさ」

旦那は誤魔化せねえなあと、源次は渋い顔でうなずいた。

「で、そちらは九十九字屋と言ったな」

「冬吾と申します」

一人、冬吾だけが平然と、甚九郎に頭を下げた。

「源次から聞きだしたことと、隣室で漏れ聞いた話とで、だいたいの事情はわかった。どうも儂は、配慮が足りなかったようだ。そのせいで、息子夫婦に気苦労をさせ、源次にもそちらにも、手間をかけさせた」

何もかもすっかり呑み込んでいるような甚九郎を見て、この人は一体どこから話を聞いていたのかしらとるいは思う。

同じことを思ったのか、冬吾は源次に目をやった。

「あんたも、もうわかったということか」

「ああ、まあ」源次は顔をしかめた。「この一件は他人の恨みとは関係ねえ。ここへ来る途中でおまえさんが言ったとおりだったってこたぁ、わかった」

「――美代」

甚九郎は、怪訝な面持ちでいる嫁に顔を向けた。

「誰よりおまえに対する配慮が、一番欠けていたのであろう。すまぬ」

「義父上、それはどういうことでしょうか」

「久のことだ」甚九郎は些《いささ》か言いにくそうに、「儂はあれを淑やかだったと言ったが、それは嘘だ。久は子供の頃はたいそう男勝りのお転婆《てんば》でな。まさに跳ねるわ走り回るわ木に登るわで、それこそ武家の娘らしからぬふるまいと、菅野の両親にはいつも小言を言われていたものだ」

美代はぽかんとした。

「初耳でございます」

「うむ。……おまえが、千世を叱る時にお婆様のように淑やかになれと度々言うのでな、まさか本当のことを言い出せなんだ。久には、よくまあそのような大嘘をと呆れられたが」

だから美代が別人だと疑ったあの影は、まさしく久なのだと、言った。

「娘盛りになっても久の男勝りはなおらず、儂と一緒に剣術の道場に通うと言ってきかぬこともあった。ようやくあれが落ち着いたのは、恭二郎、おまえが生まれてからのことだ」

「そんな……」と美代は絶句し、「父上、それでは美代が可哀想ではありませんか」と恭二郎が咎めた。

「だからすまぬと詫びておる。屋敷の中に影が見えるようになってからの、おまえたちの気苦労に思い至らなかったのは、儂の不覚だ。もっと早くにこうして話をしておれば、美代がこうまで怯えることもなかったのであろう。許せ」

「いえ、義父上、そのような。どうぞ頭をお上げくださいまし」

甚九郎は顔を上げると、今度は冬吾を見た。

「儂は、あの影が見える時にはそこに妻が参っているのだと思っていた。——だが、違ったのだな」

冬吾は寸の間置いてから、はいとだけ答えた。

「そうか」

「旦那……」

源次がおろおろとした声を出す。

しかし、甚九郎は目を細めて、うなずいた。

「それならよい。よかった」

よかったと、どこか安堵したように。

「どうして――」

とっさに言いかけて、るいは自分の口を押さえた。

だって寂しかったのに。久様がいなくなって、悲しかったのに。だから久様の影があらわれて、久様がそこにいるのだと思ったから、この人はどんなにか慰められたはずなのに。

それが違ったとわかって、どうして、よかったのだろう。

甚九郎はるいに目をやり、ついで他の面々にも視線を巡らせた。

「儂は、牛と渾名されるほど融通のきかぬ性分でな。久がいなくなると、自分でも驚くほど途方にくれてしもうた。近くにいて当たり前だった者がいなくなった、それがこれほど勝手が違うものかと。情けないことだが、あれがおらぬことにどうにも慣れることができずにいた」

だから久の影が見えるようになると、甚九郎は思ったのだという。

「そんな儂を、あれはよほどに見かねたのであろう。儂を案じて、世話を焼くために戻ってきたのであろうとな」

陽が射せば、月が昇れば、灯りがともれば影はあらわれた。離れの障子に、部屋の畳に、縁側に。

食事の膳が整ったと知らせに来る。部屋では縫い物をし、花を活ける。茶の支度をしている時もある。姉さん被りで縁側を往復しているのは、雑巾がけをしているからか。

そんな影の動きを日々眺めているうちに、甚九郎は気がついた。

「あれはいっときも休んではおらん。自分のことではない、いつも儂のために動き回っておる。――それは生きていた時も、そうであったと」

思い返せば、おのれは生前の妻に茶を淹れてやることもしなかった。日溜まりに並んで座り、ゆっくりと二人で語らうこともなかった。

少し休め、そんなに世話を焼かずともよい。月が綺麗だ、庭に花が咲いた、一緒に眺めようと、今になって影に声をかけて何になるのか。

「鬼籍に入った後までも務めを果たそうとする妻が、不憫であった。もうよいと、言ってやりたかったのだ」

だから。影が亡き妻の訪《おとな》いではなく、ただこの屋敷の見せる幻のようなものだとわかって、よかったと思った。

「同心の妻として何かと苦労もさせたが、久はよく家を守り、子を生み育ててくれた。良き伴侶として長い間、ひたむきに儂のそばにいてくれた。今は何の気掛かりもなく、安らかでいるというのなら、それでよい」

ぐすっと鼻を鳴らす音がして、見ると源次が、握った掌で自分の顔をぐいぐいこすっている。

もうひとつ、壁のどこかでやはりぐすぐすと鼻を啜る音がしたようだが、そちらのほうは、るいは聞かなかったことにした。

よかったと繰り返す、甚九郎のその言葉に、るいもまたしんみりした。この人が寂しいことにかわりはないんだとわかっているから、なおさら。

表のほうが、ふいに騒がしくなった。

父上母上ただ今戻りました——と、元気な声が聞こえた。この家の子供らが手習いから帰ってきたものらしい。

あら、と美代が腰を浮かせた時である。

子供の影が、すいっと縁側を走り抜けていった。皆がはっとしたところに、ぱたぱたと軽い足音が響き、障子の陰から七つ八つの童女が飛び出してきた。

座敷にいる大人たちに気づいて、童女は「あっ」と言って縁側に立ち竦む。すかさず美代が、叱りつけた。

「千世、そのように家の中を走ってはならぬと、いつも言っているでしょう。お客様がいらっしゃるのですよ。ご挨拶なさい」

千世と呼ばれた童女は、急いでぺたんと座ると、小さな手をついて「いらっしゃいませ」と頭を下げた。

「お爺様にもご挨拶を」

「はい。お爺様、ただいま戻りました」

まだあどけない顔立ちで、しかつめらしく言うのが可愛らしい。

「いやあ、お嬢ちゃんは元気ですなあ」と源次が顔をほころばせた。

「元気なのはよいですけど、落ち着きがなくて困っているのですよ」

「母上、千世はお婆様と追いかけっこをしていたのです」

と、千世が言うのは先ほどの影のことだろう。子供なりに、精一杯抗弁をしているようだ。

「お婆様もあのように走り回っておられるのに、どうして千世は走ってはいけないのですか？」

美代は束の間、言葉を探すように黙り込んだ。それから立ち上がると、千世の前に立って、静かに言った。

「お婆様も、お婆様の母上にいつもお叱りを受けていたそうですよ。武家の娘がそのように、はしたない振る舞いをするものではありません、と」

「そうなのですか？」

目を丸くした千世に、甚九郎がうなずいて見せた。

「そのとおり、久もよく叱られておった。久のように尻をぶたれたくなければ、母上の言うことはちゃんときかねばならんぞ」

「はい」

千世は神妙にうなずいた。

「わかったら、台所へ行きなさい。おやつがあります。早く行かないと、直之助に全部食べられてしまいますよ」

それは大変とばかりに、千世は踵《きびす》を返して駆けだそうとした。が、美代に睨まれ、肩をすぼめて今度は抜き足差し足で台所へと向かった。

「あの子は、久によく似ておる」

千世の姿が消えると、甚九郎は笑って言った。そうしてすぐに真顔になって、屋敷にあらわれる影はいつか消えることがあるのかと、冬吾に訊ねた。

「時がたてば、いずれは」

冬吾は言った。

いつか、その人のいない日々も、日常となる。悲しみはあっても、年月とともに痛みは少しずつ薄れていく。そうしていつか、記憶が懐かしい思い出に変わる時がくる。きっとくる。

人がそうして生きていくのならば、人の気をおびたモノもそうであろう。

この屋敷が、寂しさを埋めるために在りし日の久の姿を思い描くことがなくなれば、その時に影は消えるだろう。

「そうか」

甚九郎はうなずき、おのれに言い聞かせるように呟いた。

「いつか……そのような時がくるのだな」

六

「けどよう、俺はちょいと納得がいかねえぜ」

菅野の屋敷を後にしてすぐ、源次はそんなことを言った。

「要するにあの屋敷は、化け物ってことじゃねえか。あのまま放っておいて、大丈夫なのかね？」

貧乏小路の真ん中で足を止め、源次はたった今出てきたばかりの菅野家の木戸門を振り向いた。つられてるいも一緒に振り返り、

「あっ」

小さく声をあげた。

門柱の傍らに、女が一人、立ってこちらを見ていた。

六十絡みの武家の女性だ。優しそうで、風情に品がある。るいと目があうと、ニコリと少し茶目っ気のある笑い方をして、深く頭を下げた。

知らない人だ。

でも、るいにはそれが誰だかわかった。

「冬吾様」

少し先にいた冬吾に走り寄って、「あそこに」と言ってもう一度振り返ると、女の姿はすでにない。

しかし、冬吾にもわかったらしい。ちらと屋敷の方角に目を投げて、うなずいた。

化け物の腹の中にいるみてえなもんだ、そう思うと俺ぁ薄気味悪くてよ……と、一人だけ何も見えなかったらしい源次が、ぶつぶつ言いながら追いついてきた。

「心配には及ばんだろうよ、親分」

「そうかい」

「人が死んで寂しがるような家なら、むしろこの先、住人の護りとなる。その証拠に、あの家族は健《すこ》やかだ」

そうかね、まあそうかもしれねえなと、歩きながら源次は首を捻った。

「馴れりゃ、なんてこたねえのかもしれねえが」

「あそこの御新造も、これまではわけがわからずに怯えていたが、今はもうあの影の正体を知った。知っているものには、人は馴れる。たとえ相手があやかしであろうと」

悪意のないモノとわかれば、なおさらだ。

三人は組屋敷のある武家地の木戸を過ぎ、日本橋川の川端に出た。

渡し舟の舟着き場に向かって歩きながら、

「近いうちにまた、あの屋敷に行く用はあるか？」

冬吾は源次に訊ねた。

「そのつもりだ。……考えてみりゃ俺は、月命日に旦那を訪ねた時にも、久様のために線香の一本もあげちゃいなかった。それどころじゃなかったもんでな。だから今度はきっちり手を合わせてこねえと、申し訳ねえや」

「だったら、その折にでも甚九郎様に伝えてくれ。——久様は、時おりはあの屋敷に来ておられる」

久様が、と繰り返してから、源次は目をむいた。

「……ってこたぁ、ええ!?」

それこそ正真正銘の幽霊だと、冬吾はしれっとしたものである。

「実は屋敷の中を調べて回っている時に、本人に会った。丁重に挨拶もされた」

「な……挨拶だと？　え、えぇ……？」

驚きのあまりか、鬼瓦がひょっとこみたいになっている。

「……しかし、今になってそんなことを言われてもな。旦那に伝えたところで、ヘタな慰めだととられるのがオチだぜ。第一俺が、くそ、どうやって信じろってんだ」

「あんたはさっき、手土産に亀島橋《かめしまばし》近くの菓子屋で、きんつばを買ってきただろう。確か、三味堂《さんみどう》という店か」

「どうしてそれを」

菓子を買って戻った源次は、勝手口から入ってそのまま甚九郎のいる離れに顔を出したのだ。その間、冬吾に会ってはいないし、ましてや手土産の中身など告げるよしもなかった。

「旦那は昔からあの店のきんつばが好物だった。現役の頃は、務め帰りによく買ってらしたもんだ」

そのことだが、と冬吾は口の端をあげた。

「きんつばは、久様の好物だ。甚九郎様じゃない」

「なんだって？」

「甚九郎様がわざわざ店に寄って菓子を求めていたのは、自分の妻のためだったのさ。

けれども、さすがにそれを口に出すのは気恥ずかしかったのだろう。それで、あくまで自分の好物だということにしていたんだ」

「しかし……」

「甚九郎様は、本当は蜜団子が好物だそうだ。屋敷で会った時に久様がそう言っていたのだから、間違いなかろう」

あんたの手土産が三味堂で買った菓子だというのも、久様から聞いたことだ——と、冬吾はニヤリとした。

「次に甚九郎様に会った時に、旦那は本当はきんつばよりも蜜団子のほうがお好きなんでしょう、久様に教えていただきました、とでも言ってみるといい。もちろん、手土産に団子を忘れずにな」

源次は開きっぱなしにしていた口を、ぱくんと閉じた。

「……わかった。蜜団子だな」

「それと、久様から伝言がある。甚九郎様に伝えて欲しいと言われた」

冬吾は舟着き場の手前で足を止めると、真顔に戻って、亡き人から頼まれた言葉を告げた。

——綺麗な月も、庭に咲く花も、あなたと一緒に眺めておりますよ。

——あなたの妻でありましたこと、いつも楽しく幸せでございました。これからも時々はおそばに参りますので、気がついたら、お声をかけてくださいませ。

「笑いながら、そう言っておられた」

「笑って……そうか、久様は笑ってらしたのかい」

源次は大きな手で自分の顔を撫でると、うなずいた。幾度もうなずいた。

「そいつは、ちゃんと旦那に伝えるよ。ああ、きっと伝えるとも」

「あのお、冬吾様」

深川に戻り、源次と別れて九十九字屋に帰る道すがら、るいは不思議に思っていたことを思い切って口にした。

「わざわざ親分さんに言伝《ことづて》しなくても、座敷にいた時に、久様に会ったって皆の前で言えばよかったんじゃないですか？」

冬吾は素っ気なく、鼻を鳴らした。

「面倒くさい」

「は？」

「死者の霊が目の前にいたとして、それが見える者と見えない者がいる。見えない人間に対して、あんたの前に幽霊がいると言うのは簡単だが、それが本当だと証明してみせることは難しい。おまえもさっき、見ていただろう。源次に信じさせるだけでも、手間だった」

「それは、そうですけど」

「そもそも、あの場ですべてを明らかにするのは野暮というものだ。幽霊は、ひっそりとそこにいるかいないかというくらいが花だ」

「はあ。花ですか」

丸め込まれたようで、なんだかよくわからない。わからないけれども……なんとなく、そういうものかもしれないとも、るいは思う。

久が伝えてほしいと言った言葉に、くどくどしい説明など必要はない。ただ一人、彼女の夫だけがそれを信じて、受け取ればよい。きっと、それでいい。

そういえばと、るいはもうひとつ不思議だったことを思い出した。

「どうして、お父っつぁんにはあの影と一緒に、久様の若い頃の姿が見えたんでしょう」

冬吾様にもあたしにも見えなかったのにと、るいが首をかしげていると、

「それは、作蔵がぬりかべだからだ」

事もなげに、冬吾は言った。

「え、ぬりかべだから？」

「おかげで今回は楽だった。早々に影の正体に見当をつけることができたのでな」

「すみません。あたしには、全然わかりません」

さらに首を捻るるいを見て、冬吾は「わからんのか」とため息をついた。

「作蔵は、あの屋敷の壁の中にいた。――つまり、屋敷の一部になっていたということだ」

「はい。……あっ」

わかった。そうか、そういうことかと、るいは手をぽんと打った。

お父っつぁんはあのお屋敷の壁になっていたから、あのお屋敷と同じものを見ていたんだ。記憶の中の久様の姿が見えたんだ。

だからあんなふうに、あのお屋敷が感じていたのと同じに、ぽっかりと寂しい気持ちになっていたんだ。

（すごいわ、お父っつぁん）

まあ、本人はなんだかよくわかっていなかったみたいだけれど。

（取り柄は蔵の鼠除けと用心棒だけじゃなかったのねえ）

急いであたりを見回したが、六間堀の堀端には、町屋の板壁しかない。作蔵は薄い木の壁は苦手なのだ。話しかけても、顔を出しはしないだろう。

まあ、いいわ。もう店は目の前だ。戻ったら、いろいろ話をしよう。

あのお屋敷の悲しい気持ちに触れて、おっ母さんが死んだ時のことを思い出したというお父っつぁんと、久しぶりに懐かしい思い出話をしよう。

冬の日射しはもう傾いて、そんなことを思って歩くるいの足下に、黒い影法師が長く伸びていた。

第三話

もののけ三昧《ざんまい》

目の前に、おっ母さんがいた。

どこからどう見ても、そこにいるのははるいが八歳の時に流行病《はやりやまい》で死んだはずの、母親のお辰《たつ》だった。

あたし、夢を見ているのかしら。それともこれは幻かしら。

だけど目はぱっちり開いているし、思わずほっぺたを抓《つね》ってみたら痛かった。熱はあるけど、幻覚を見るほど頭がぼうっとしているわけじゃない。

るいがいつまでもぽかんとしているので、お辰は怪訝《けげん》そうな顔をした。

「なんだい、おまえ、まさか自分の母親の顔を忘れちまったわけじゃないだろうね？」

声もやっぱり、憶えのあるおっ母さんの声だ。

（ええっと……？）

こういう場合、普通はやっぱり、幽霊ということになるのだろう。

「どれ」

お辰は掌をるいのおでこに当てた。幽霊にしては温かい手だ。

「お腹の具合はどうだい。ちょうど粥《かゆ》が煮えたところだよ。今、もってきてあげようね」

前掛けをはたいて、お辰は立ち上がった。生きていた時は威勢のよいおっ母さんだったけど、今もずいぶんと生き生きしている。

てきぱきと台所に向かう後ろ姿を眺めながら、幽霊が粥なんて煮るかしらと、るいはぼんやりと思った。

だけど、もし幽霊じゃないとしたら。

……これは一体、どういうことだろう？

一

事の起こりは、霜月《しもつき》の終わりに九十九字屋に届いた一通の文《ふみ》である。

差出人は内藤新宿《ないとうしんじゅく》にいる、冬吾の昔の知人だ。文の詳しい内容まではるいは知らないが、どうやら困ったことがあるので急ぎ来てくれということらしい。つまりは、仕事の依頼であった。

しかし内藤新宿といえば、四谷《よつや》の大木戸《おおきど》の先にある宿場で、深川からはなかなかの遠出になる。しかも行ってすぐ片付く用件でもない様子だ。

そういうわけで、冬吾は数日、店を空けることになった。

その間はるいが一人で店番をするわけだが、ナツが手伝いに顔を出すし、用心棒に『ぬりかべ』の作蔵もいることだし、何より世間が気忙《きぜわ》しくなるこの年末にそうそう客もやって来ないだろうから大丈夫だろう、と冬吾は言ったものだ。

それだと店に閑古鳥が鳴いているのは年末だけみたいだわと思いながらも、店主が不在というのは、るいとしてはやはり心細いことである。もし面倒な客が来たらどうするんですかと訊くと、依頼の内容だけ聞いて追い返せとのこと。しかも、「くれぐれも勝手に引き受けるな、勝手に一人で何かしようと思うな、相手の事情に首を突っ込むな」と、釘まで刺されてしまった。

「まるであたしが、今までに勝手に何かしたみたいじゃないですか」

るいはぷんとむくれたが、やりかねないから先に言っておくんだと、とことん信用のない店主の返事である。

「それともうひとつ、私が留守の間に、霊巌寺《れいがんじ》裏の料亭《月白庵《つきしろあん》》にこれを届けておけ」

冬吾は蔵から出してきた掛け軸を見せて、るいに言った。

「あまり楽しそうな絵じゃないですね」

「幽霊画だからな」

半分透き通った青白い女性が、半ば下を向き、両手に持った血まみれの男の首を睨《にら》んでいる。女の顔が美しいだけに、凄惨さの際立つ絵だ。

「この男、幽霊に取り殺されたんでしょうかね」

「恨み骨髄だな」

掛け軸はもともと《月白庵》の主人の持ち物であったが、家に置いておくと家族が気味悪がるので、普段は九十九字屋に預けているらしい。

「今度、料亭で茶会を開くのでこれを届けてくれと言われた。床の間にこの絵を飾るのだそうだ」

「え、茶会にこの絵をですか？」

「集まるのは怪談好きの客ばかりというから、茶の後には百物語でもやるつもりだろう。

朔日《さくじつ》に必要ということは」

「この寒いのに怪談会ですか」

酔狂なとるいは呆れたが、そもそも好事家《こうずか》というのは物好きと風流が紙一重の人たちである。

百物語をするのは新月の夜がよいとされている。つまり朔日だ。

本来なら《月白庵》のほうで下働きの小僧でも取りによこすところだが、生憎《あいにく》と九十九字屋を訪れるのはあやかしと係わりのあった者だけである。《月白庵》は掛け軸を預けただけで、あやかし絡みで何かがあったわけではない。小僧は店にたどり着けないだろうから、こちらから出向いたほうが早いのだ。

ということで、冬吾が出かけた翌日の師走朔日《ついたち》、るいは《月白庵》に掛け軸を届けに行った。

六間堀に沿って南下すると、小名木《おなぎ》川に出る。橋を渡ってさらに南へ、仙台堀《せんだいぼり》の方角に向かう途中に、霊巌寺はあった。

その裏だという《月白庵》は、すぐに見つかった。中に入って用件を告げると、主人が出てきて掛け軸を受け取った。言いつけられた仕事を無事に終えて、るいはホッとして店を出る。さて九十九字屋に帰ろうとして、

（ちょっとくらい、いいよね）

寺の門前の茶店の前で、足を止めた。

店番はナツに頼んできたし、どうせ帰っても掃除くらいしかすることはないだろうし。

冬吾のお供で出かける時以外は、たいてい寝起きしている筧屋《かけいや》と店を往復している毎日だ。たまにるい一人で外に出てきた時くらい、のんびりと寄り道をしても罰は当たるまい。

半刻くらいならと、るいはまず茶店に入って、団子を注文した。

深川のこの界隈は、これでもかというほど幾つもの寺が並ぶ寺社地である。高い塀の連なる武家地や、商家と町屋が肩を寄せ合うように建つ町人地と違い、景観の広々とした土地だ。

団子を食べ終え、あらためて寺にお参りをしてから浮き浮きと辺りの散策をはじめたるいだが、ほどなく冷たいから風にひゃあと首を縮めた。

「うう、寒っ」

冬でなければ、こんもりと茂る木々の緑や寺の庭園の花々の色も目に鮮やかだろう。堀割の水の音も、耳に涼やかに響いただろう。ぶらぶら歩きも、さぞ楽しいに違いない。しかし今は景色も冬枯れて、眺めていてもうら寂しいばかり。水の音もひやひやと寒々しいだけだ。

これならさっさと店に戻って暖まったほうがマシかもと、るいは綿入れの襟をかき合わせた。まだ四半刻も経っていないが、やっぱりもう帰ろうと踵《きびす》を返しかけて……、

（あれ？）

前方の人影に気がついた。

（でも、さっきまで誰もいなかったのに）

そこは、寺を囲む林の中の小道だった。時刻はまだ昼前、両脇の木々は野放図に枝を伸ばしているが、葉をほとんど落としているために、陽が射し込んであたりは明るい。

人影は、こちらをじっと見ているようだ。ようだ、というのは、いくらるいが目を凝らしてもどうもぼんやりとして、顔も姿もさだまらないからである。

からっ風が吹き抜けて、木々の枝がざざっと騒いだ。

と、相手がこちらに足を踏み出した。

いや、踏み出したというのは正しくない。足を動かさず、そのまますいっと地面を滑るように前に出た。

(どう見ても、生きてる人じゃないわね)

どうしようかと、るいは思った。用事もないのに、死者と係わりたくはない。素知らぬ顔でそばを通り過ぎるか、来た道を引き返すか。

一瞬迷って、引き返すことにした。なんとなく、これはまずいと思ったからだ。

るいには、死者の霊も生きた人間と同じように、はっきり見える。生きている人間だってこれは近寄ったら危ないなという輩がいるのと同じように、幽霊だって見た目に怖くて近づきたくない相手はいるのだ。

第一、はっきり見えるはずの霊の姿が、ぽやぽやして風貌がよくわからないのが、よくない。ありきたりの死者の霊ではないかもしれない。

るいはくるりと背を向けて、歩きだした。

(ここじゃ、お父っつぁんはあてにできないし)

周囲は樹木ばかりで、作蔵が出てこられるような壁はない。早く寺の境内に戻ろうと、足を速めた。

ざざっ。風が吹いて、頭上の枝が鳴った。それとは別に、背後のもっと低い位置からも音が聞こえた気がした。

とたん、後ろから袖を引かれ腕を摑まれた。

ぎょっとして振り向いたるいの目の前に、相手の顔があった。さっきまで目鼻立ちも曖昧だったが、それでようやく男だとわかった。

だけど、何という姿だろう。男は襤褸《ぼろ》というよりも、古くて腐ったみたいな端布をぶら下げていた。顔も身体もほとんど骨で、青黒く干涸《ひから》びた皮が張りついている。一番怖ろしかったのは、目玉がなくて、そこにぽっかりと二つの穴が虚《うつ》ろに開いていたことだ。

男は口を開いた。真っ黒な干物みたいな舌がのぞいた。

「いやあぁぁぁ――!!」

るいは相手の手を振り解き、ついでに蹴り倒すと、一目散に駆け出した。


「一体、どうしたんだい?」

店の表戸にしがみつき、ぜいぜいと息を切らしているるいを見て、留守番をしていたナツが首をかしげた。

(すごいわ、あたしってば)

ナツに水を持ってきてもらい、それを一息に飲み干してようやく人心地がつくと、るいはまず自分に感心した。

どこをどう走ったのかよく覚えていないが、とにかく寺社地を出て川を越え、あとは駆けに駆けて店に戻ってきた。途中、往来の人々の目にはさぞ奇妙に見えたことだろう。

「ああ、ビックリした。ああ、怖かった」

冬吾がいないのをいいことに、座敷の畳にごろりと倒れ込んで、るいは大きく息をついた。

あたしでも、幽霊にあんなに驚くことがあるのねえと思ったが、何しろ見た目が怖かった。腕を掴まれ、ぞっとした。

「何かあったのかい?」

重ねてナツに訊ねられ、るいは身体を起こして今しがたの出来事を話した。

「おやま。たちの悪いのがいたもんだね」

聞いてナツは、かたちのよい眉をひそめる。

「だけど、あんたも不用心だね。いくら昼間でも、そんなひとけのない場所を若い娘が一人でほっつき歩くなんてさ。せめてそばに作蔵がいるなら、まだしも」

まったくだと、部屋の壁から声がした。

「何をしてやがるんだ、この馬鹿娘」

ごめんなさいと、ここは素直にるいは謝った。

心の中で、でも今さらだけどお父っつぁんは幽霊をふん捕まえたりできるのかしらと首を捻りながら。

「いいか、るい。世の中にゃ善人と幽霊しかいねえわけじゃねえんだぞ。一人でふらふらしてて、悪い男に拐《かどわ》かされでもしたらどうすんだ。まったく、危なっかしいったらありゃしねえ」

なぜか幽霊と善人が一括り。若い娘がだの、悪い男だの、ふらふらだのと何やら違うことで、二人に叱られているような気がする。

「で、あんたは本当に見てないんだね？」ナツは、壁のほうに顔を向けた。「その、骸骨みたいな幽霊をさ」

「無理を言うねい。こいつの話を聞いてたろうが。壁がなきゃ、俺ぁ顔も出せねえ」

「執念深いヤツだったら、あとをついてきたりしたら面倒だと思ったのさ」

普通の幽霊じゃなかったのかしらと、るいは考え込む。

「まわりがお寺ばかりなのに、あんなのが出てくるなんて」

「寺だから悪いモノが寄りつかないってわけじゃないよ。どうやっても、死者に縁のある場所だからね」

ナツは首を振った。多分、かなり古い霊だろうとつけ加える。

「なんだってそんなところにいたのかはわからないけど、あんたの話を聞くかぎりでは、半分くらいは別のモノに変わっちまってる様子だ」

「別のモノ？」

「成仏できずに長年さまよったあげく、いろんなモノと混じっちまったんだろうねえ。そうなったらもう、人の霊というよりは魑魅魍魎《ちみもうりょう》だ」

道端で犬に吠えられたようなものさ、忘れておしまい。そう言われて、るいは「はい」とうなずいた。

そのとたん、ぐうと腹が鳴った。そういえば、もう昼九つ（十二時）である。さっき食べた団子は、走っている間にすっかり胃の中から消えてしまったらしい。

慌てて手で腹をおさえたるいに、

「あたしが店を見ているから、筧屋に行ってお昼を食べておいで」

ナツは笑って、言った。

なんだか具合がおかしいと思いはじめたのは、筧屋から戻ってしばらくしてのことだった。

身体が重い。背筋がぞくぞくして寒い。なのに頭がぼうっとして、気持ちが悪い。

そのうちくらくらと目眩《めまい》がして、るいは持っていた箒《ほうき》を放り出して土間に座り込んでしまった。

ナツが駆け寄ってきて、

「熱があるじゃないか」

るいを助け起こして上がり口に座らせると、眉をひそめた。

「どうしたことだい、これは」

るいの右腕の袖をめくって、いっそう表情を険しくする。

自分の腕の肘からすぐ下のあたりに、五本の指の痕が黒い痣《あざ》のようにくっきりとついているのを見て、るいは「わっ」と声をあげた。

「なにこれ⁉」

「あんた、霊に腕を摑まれたって言ってただろう」

「そうですけど、でも」

「よほど念の強いヤツだね。どうやら、あんたに執着したようだ」

「それじゃあたし、取り憑かれたってことですか⁉」

あたしにはどうとも言えないけれどと、るいの右腕に目を凝らしたまま、ナツはため息をついた。

「悪さをされているのは確かだよ」

「でもどうして、あたしなんですか」

たまたまあの林の中で見かけただけで、縁もゆかりもないのにとるいが言うと、

「それこそたまたま、そいつの姿が見えるあんたがそこを通りかかった。運が悪かったってことだろう」

ナツは肩をすくめた。

「この世で迷っている霊の中には、自分の未練が何だったかを忘れちまっている者もいるんだ。そのせいで成仏できないのか、それとも長い間こちらに留まっているせいでそ

うなるのかは、わからないけどね。そいつが化け物みたいになっちまってるなら、なおのことさ。たまたま行き逢ったあんたに、理不尽な恨みを向けたのかもしれない」

「そんなあ」

思わず腰を浮かせたとたん、ふにゃりと身体から力が抜けた。

「う、気持ち悪い……」

「とにかく横におなり。今、床を敷いたげるから」

「でも店が」

「今日はもう閉めちまえばいいよ。どうせ客なんて来やしないさ」

一階の座敷に布団を敷いてもらって、ちょっとだけ休むつもりで横になったら、もう起き上がれなくなった。

結局夜までそのままで、ならばいっそ寛屋には戻らずこちらで寝ていればいいと、ナツは言った。

「あっちも客商売だから、寝込んだあんたを看病している余裕はないだろうしね。こっちにはあたしも作蔵もいるから、あんたも気が楽だろう」

それにしてもよりによって、冬吾がいない時に間が悪かったねとナツはほろ苦く笑って、水で濡らして絞った布をるいの額に置いた。冷たいのが気持ちいい。熱があがっているようだ。

（このまま取り殺されたら、どうしよう……）

珍しく気弱にそんなことを思ったのも、きっと熱のせいだ。

……そしたらあたし、幽霊になってあの男のことをうんと恨んでやるわ。……あ、でも、あの男も化け物じみてても一応幽霊なんだから、そうすると幽霊のあたしが幽霊を恨むことになるわけで、それってなんだかおかしな案配じゃないかしら。相手が幽霊でも、恨みを晴らすことって、できるのかな。……あたしが「恨めしや」って言ったら、相手もやっぱり「恨めしや」とか言い出して、あれれ、それだとまるきり、水掛け論だわねえ……。

頭の中で首を捻りながら、るいはとろとろと眠りに落ちていった。

「それじゃちょっと行って、筧屋にあんたのことを伝えてくるからね」

言い残して、ナツが出ていく気配がした。

「おい、大丈夫か？」

お父っつぁんのちょっと心配げな声も聞いた気がした。

そうしてそのまま、るいは何もわからなくなった。

二

夢の中で、るいは走っていた。

どこまで走っても、あの骸骨みたいな男が追いかけてくるのがわかった。

ざざ、ざざ、と木の枝の鳴るような音が、背後の暗闇からせまってくる。

るいはぞっとしながら、必死で足を動かした。ぜいぜいはあはあという、自分の呼吸が聞こえる。

ふいに、腕を強く摑まれた。

振り返ると、目の前に骨と化して朽ちた男の顔があった。ぽかりと底知れぬ穴のように開いた二つの眼窩《がんか》が、るいを見ていた。

魂消《たまげ》るような悲鳴がるいの口から漏れた。

「どつえええぇぇぇ――!!」

野太い悲鳴で目がさめて、るいは布団から飛び起きた。

たった今見た悪夢のせいで、心臓がものすごい音をたてている。全身、汗びっしょりだ。

もう夜が明けたのだろう。窓の縁に光が射して、座敷の中もぼんやりと明るい。

(どうして……あんな夢……)

あの男の霊にまた追いかけられた。腕を掴まれた。夢の中で、思わず悲鳴をあげたところまでは、覚えている。

何度も大きく息をついて、やっと鼓動が落ち着いてから、

(でも、今の悲鳴は、あたしのじゃなかったような……?)

あたしはあんな蛙がつぶれたみたいなぶっとい声じゃないわよと、るいは首をかしげた。そのとたん、

「るるるい、るいるいるい、大変だぞこら、目ぇさましやがれ!」

悲鳴の主が、座敷の壁から顔を突き出してわめいた。

「起きてるわよ、お父っつぁん。朝っぱらからなに騒いでるのよ。あたし、まだ熱があって——」

「そんなこたどうでもいい。それより、でで出た！　出やがった！」

「何が」

「お辰だ。お辰の幽霊が出た――！」

「……は？　おっ母さんの？」

るいは目を瞬《しばたた》かせた。お父っつぁんたら、何を言ってるんだろう。こっちは夢の中であの男の霊に追っかけられて怖い思いをしたってのに。熱で頭がまだぐらぐらしてるってのに。

「おっ母さんの幽霊なんているわけないでしょ。今まで一度だって、出たことないんだから」

「馬鹿野郎！　俺は見たんだ、お辰が台所で鍋を持って立っていやがった！」

「鍋？」

るいは首を伸ばして台所のほうをうかがったが、しんとして何者かがいる気配はない。

「今はいねえよ。豆腐を買ってくるって言って、外に出て行ったからよ」

「豆腐？」

「俺ぁ、驚いたのなんの、声も出せずにいたんだけどな。あいつの姿が見えなくなったとたんに、しこたま悲鳴をあげちまった」

るいが聞いたのは、その悲鳴だったらしい。

その時、がらりと表の戸が開いた。

「おや、目がさめたのかい？」

豆腐をのせた笊《ざる》を手に土間に入ってきた相手を見て、るいは「えっ」と大きく目を見開いた。

（おっ母さん……？）

――そこに立っていたのは紛れもなく、るいが八歳の時に死んだ母親のお辰であった。

「おい、おめえはお辰か？　本当にお辰なのかよ？」

「うるさいねえ。おまえさんの女房以外の、何に見えるってんだい」

「け、けどよ。なんでまた今頃になって、化けて出やがったんだ？」

「るいの看病に来たにきまってるじゃないか。おまえさんこそ、自分の娘の具合が悪いってのに、何をしてるんだい。まったく男親ってのは、いざって時に役に立たないね」

「うう……」

　ぽんぽんと威勢のいいお辰の口調に対して、作蔵はしどろもどろである。そういえばこの二人っていつもこんな感じの会話だったわと、呆然としたままでるいは感心した。

「それでね、おまえさんに折り入って話があるんだけど。――ちょっと、いいかい」

　お辰は、亭主を促すように勝手口を指差した。外で、という意味らしい。

「なんでえ」

「いいから、ほら。こっちへ来とくれ」

　一瞬、るいのほうをかすめるように見てから、お辰は勝手口を出ていく。それを追うようにして、作蔵の顔も壁から消えた。

「――待たせてごめんよ」

　ほどなくして、お辰だけが座敷に戻ってきた。

「お父っつぁんは……」

「事情を説明したら、納得がいったようだ。おまえの看病をしっかり頼むってさ」

　事情と聞いて首をかしげたるいに、それはおまえは知らなくてもいいんだよとお辰は笑った。

　それからお辰は、るいに粥を煮て食べさせたり、汗で濡れた寝間着を着替えさせたり、白湯《さゆ》を運んできたり、火鉢に炭を足して部屋を暖めたりと、まめまめしく世話を焼いた。

「ねえ……おっ母さん？」

今も熱で強張った身体をさすってくれているお辰に、るいは少し躊躇《ためら》ってから訊いた。

「お父っつぁんのこと、知ってたの？」

「壁に頭をぶつけて死んだんだろ。三年前だ。知ってたよ」

「ぬりかべになったことは」

「それも知ってるよ」

あんたたちのことは何でも知ってる。ずっと見ていたからと、お辰は言った。

「丁兵衛《ちょうべえ》長屋のこと、覚えてる？」

「もちろんさ。あたしがいなくなってから、あそこのおかみさんたちにゃ、おまえのことで世話になったよ。中でも右向かいのお清《きよ》さんが親身で、あそこの家のおゆうちゃんとはおまえ、ずいぶん仲が良かったじゃないか」

「大家さんもいい人だったよね。……ほら、花見の時期には、店子《たなこ》にわざわざ長命寺《ちょうめいじ》の桜餅を買ってきてくれて」

「そうそう。ところが三軒隣の常吉《つねきち》さんが喉に詰まらせちまって、大騒ぎになったのだったねえ。無事だったからよかったものの、長命寺の餅を食べて命を縮めるなんて、笑い話にもなりゃしない」

お辰はふと、さする手を止めて、るいの右腕の痣のような指の痕を見た。

「酷い目にあったね。おっ母さんがいたら、相手をぶちのめしてやったのに」

そういえばそんなことが前にあったようなと、るいは思う。あたしが泣いて、おっ母さんが怒って本当に相手をぶちのめしたんだった……けど、あれって何があったんだっけ。どうしてあたし、泣いたりしたんだっけ。

「おまえは死んだ人間が見えたりするから、小さい頃から怖い目に遭うことも多かったっけねえ。あたしは、そりゃあ心配したものだ」

そろそろもういっぺん眠ったほうがいいよと、お辰はるいを布団に寝かせて夜着をかけた。

「寝たくない。嫌な夢を見るの」

「大丈夫、おっ母さんがいるからね」

なんだかあたし、子供に戻ったみたいだとるいは思った。子供みたいに甘えて、ちょっとばかり駄々をこねている。

大丈夫大丈夫と、やはり子供に言い聞かせるように、お辰は微笑んでいる。その顔を見ているうちに、どうしてだかるいは、泣きだしたいような気持ちになった。

昼間の浅い眠りの時には、何事もなかった。

夜になって、またあの悪夢があらわれた。

真っ暗闇の中を、るいは走っている。背後からあの男の霊が追いかけてくる。ざざ、ざざ。音がどんどん近づいてくる。

ついに腕を摑まれた。

るいは思わず振り返り、悲鳴をあげた。——いや、あげようとしたのだが、喉元までせりあがっていた声は、そのまま舌の奥で詰まってしまった。

何かがひゅっと音をたててるいの脇をかすめたかと思うと、目の前にいた男の身体が吹っ飛んでいた。

「あんた、うちの娘に何てことをしてくれるんだい⁉」

怒声が響いた。

「お、おっ母さん？」

仰天することに、なんとお辰が憤然とるいの横に立っていた。両手で箒の柄を握りしめている。その箒で、男をはり倒したのだ。

「この娘に悪さをしたら、あたしが承知しないよ！」

烈火のごとく怒りながらお辰は箒を振り上げ、起き上がろうとした男をいっそう容赦なく殴りつけた。

（……すごいわ、おっ母さん）

その光景で、思い出した。

確か、るいが六つの時。お辰に言いつけられて、近所の雑穀屋に小豆を買いに行った時のことだ。小豆を盛った升を抱えて戻ると、長屋の木戸の手前で男二人が摑み合い殴り合いの喧嘩をしていた。横を通るに通れずおろおろしているうちに、るいはよろめいた男の一人にぶつかって、転んでしまったのだ。

膝を擦りむいて痛いし、怖いし、せっかく買った小豆を全部地面にぶちまけてしまうしで、るいはわっと大声で泣き出した。

――うちの娘に、なんてことをしてくれるんだい！

そうだ、あの時も家から飛び出してきたおっ母さんはそう怒鳴って、そのへんに立てかけてあった庭箒で、さんざんに男たちをぶちのめして追っ払ったんだった。

からん、からんと、乾いた音がした。気がつくと骸骨みたいな幽霊は、それこそばらばらの骨になって地面に転がっていた。お辰はそれを、箒で落ち葉でも掃くように、闇の向こうにかけらも残さず掃きだしてしまった。

「さあ、もうこれで大丈夫だよ」

ふんと大きく鼻を鳴らし、お辰はるいを振り返ると、朗らかに笑った。

その後は夢も見ずに眠って、目がさめると朝だった。

起き上がると身体のだるさも熱っぽさも、嘘のように消えている。右腕の寝間着の袖をめくって、るいは目を瞠《みは》った。

(消えてる……)

腕についた五本の指の痕が、これまたきれいに消えていた。

夢の中で聞いたお辰の言葉を思い出し、るいは跳ねるように立ち上がった。

――もうこれで大丈夫だよ。

台所に駆け込むと、お辰は竈《かまど》の前で飯を炊いているところだった。るいを見て、「おや」と立ち上がり、姉さん被りにした手拭いを取った。

「少しは気分がよくなったかい？　食欲があるようなら、朝ご飯にしようか」

るいは目を瞬かせてお辰を見つめてから、「うん」とうなずいた。

お辰が手際よく用意したのは白飯と根深汁、香の物。それに昨日の豆腐に味噌を塗って焼いた田楽の一品が添えられていて、朝餉にしてはなかなか豪勢な献立になっていた。

「米とか味噌とかどうしたの？　買ってきたの？」

普段は店の台所はほとんど使わないので、そういう物もわざわざ買いに行かなければならなかったはずだ。

しかしお辰は事もなげに首を振った。

「筧屋で台所のものを少しわけてもらったのさ」

「え、筧屋に行ったの？」

そういえば、るいが手にしている食器にも見覚えがある。いつも筧屋で賄いを食べる時に使っているものだと気がついた。これもあちらから借りてきたらしい。

あたしじゃないよと、お辰は言った。

「いくらあんたの母親だと言ったところで、見ず知らずの女に米なぞわけてくれるもんか。ナツさんだよ。あの人がいろいろ調達してきてくれたんだ」

えっとるいは声をあげた。

そういえば昨日からナツの姿を見ていないと、頭の隅でチラと思う。

「ナツさんを知っているの⁉」

「もちろんだよ。おまえの具合が悪いことを知らせてくれたのも、あの人だからね」

だが、るいがそれ以上何か言う前に、「ほらさっさと食べちまいな。せっかくの熱い汁が冷めるだろ」とお辰は急かした。

昨日は粥しか喉を通らなかったのに、今日は口に入れた物がつるつると胃に収まっていく。美味しい。

るいはご飯をおかわりして、その一ぜんは目の前にいるお辰を見ながら、嚙みしめるようにゆっくり食べた。

「ごちそうさま」

朝餉を終えると、るいは床には戻らずに寝間着を着替えた。身だしなみを整えて、店の表の戸を開けていると、洗い物を終えたお辰が手を拭きながら台所から顔を出した。

「まだ寝ていなくていいのかい？」

「うん。熱はひいたし、おっ母さんのご飯を食べて元気になったし、もう大丈夫みたい。昨日も一昨日も休んじゃったから、今日はもう店を開けないと」

寝ているのは退屈だと思えるから、本当に快復したようだ。

「そうかい。よかったよ」

お辰は笑った。

「悪いけど、膳と食器はあんたが筧屋に返しといておくれ。ちゃんとお礼を言うんだよ」

るいは戸に手をかけたままで、お辰を見つめた。

「もう帰るの？」

「ああ。実はあまり時間がなくてね。これでも忙しいんだよ」

それじゃ元気でと、しごくあっさりしたところも、生前のお辰と同じだ。

店を出て歩きだそうとして、「ああ、そうそう」とお辰はるいと向き合った。

「言うのを忘れるところだった」

そうしておもむろに両手を伸ばすと、るいの顔を挟み込むようにして、目を細めた。

「こんなに、すっかり大きくなって。苦労もしたろうけど、今は良いお店に奉公しているようで安心した。しっかり働いて、皆さんに可愛がっていただくんだよ。それと、お父っつぁんはまあ、あんなだけど、仲良く暮らしていくんだよ」

温かい手だと、るいは思った。触れていた指が頬から離れても、温もりは残った。

るいは寸の間、迷った。唇を噛んで、それから思い切って、すでに歩きだしていた背中に声をかけた。

「ねえ。——本当はおっ母さんじゃないでしょう?」

お辰の足が止まった。るいを振り返った。

「どうして」

「だって、おっ母さんは知らなかったもの。あたしが、死んだ人間が見えるなんてこと。あたし、子供の頃には誰にも言ってなかったから。熱を出しておっ母さんを心配させた時も、あたしが幽霊を見たせいだなんて、おっ母さんにはわからなかったはずだよ」

それに。

「おっ母さんなら幽霊じゃなきゃおかしいけど、あなたは、幽霊じゃないもの」

お辰はしげしげとるいを見返して、やがてほろっと笑った。

「昔から聡《さと》い子だったからねえ。やっぱり、あんたは騙せないか」

「あなたは、誰？」

騙されたままでもよかったのだろう。この人が、おっ母さんのふりをしていただけでも、かまわなかったはずだ。

だけど……。

「あたし、嬉しかった。久しぶりに本当におっ母さんに会えたみたいで、おっ母さんがそばにいてくれたみたいで、懐かしくて、あったかくて」

看病をしてくれた。優しくしてくれた。

何より、あの怖い男の霊からるいを守って、追っ払ってくれた。

「おっ母さんじゃないのなら、あなたに、ちゃんとお礼を言わなくちゃって思う」

お辰は――いや、お辰の顔をした誰かはちょっと目を瞠ってから、るいの問いかけに答えた。

「スミ。あたしは、スミだ」

「……スミ？」

「あんたのことは、何だって知ってる。あんたがあの長屋で生まれて、十二でよそへ行くまで、ずっと見ていたからねぇ。長屋にいた子供らのことは、いつも見ていたんだ」

じゃあ、るいが生まれ育った丁兵衛長屋にいたのかしら。でも、スミという名前に心当たりはない。

そもそも、どうしてこの人がおっ母さんそっくりなのかも、わからない。

るいが首をかしげるのを見て、スミは微笑んだ。

「あたしもそろそろ、あそこを出なくちゃならなくなってね。それは仕方のないことだけど、そうすると子供らのことが気掛かりだ。とくにほら、あんたみたいによそに行った子が何人かいただろ。できるものなら、一度くらい会って話をしてみたいものだと思ってさ。——それで、ナツさんに頼んで、少しばかりあの人に力を貸してもらったんだ」

「え……？」

そこでナツの名が出てきたことに驚いて、るいは目を見開く。

「春の終わりだったかに、あの人が丁兵衛長屋にやって来たんだよ。あんたのことを訊かれたから、いい子だって言った。本当に、あんたはいい子だったからさ。いろいろ苦労をしているだろうから、よろしく頼むって言ったんだ」

春の終わりというなら、るいが初めて九十九字屋を訪ねた時だろう。先の奉公先が三つとも駄目になって、途方にくれていた頃だ。

「あの人のおかげで、この姿になってあんたに会いに来ることができた。礼なんていらないよ。あんたが、喜んでくれたならよかった」

元気でと繰り返して、スミはすっと口元を結んだ。これがまたおっ母さんそっくりのきっぱりとした表情だったから、るいはそれ以上何も訊くことができなくなった。

「――ありがとうございます」

後ろ姿が遠ざかり、堀端の角を曲がるのを見送って、るいは深々と頭を下げた。

三

（スミ。スミ、スミスミ……）

布団をあげ、筧屋に借りていた膳と食器を返しに行った。もう大丈夫なのかと心配する宿の者たちに、はいと元気な返事をして、るいは九十九字屋にとって返す。その間にも、頭からはスミの名前が離れなかった。

（丁兵衛長屋にいて、あたしのことをよく知っている……）

嘘ではない。知っていなければ、おっ母さんの素振りや口調まであれほどそっくりに真似ることはできない。『右向かいのお清さん』や『長命寺の桜餅』の話ができるはずがない。

店に戻ると、座敷では作蔵が壁から三尺ばかりも腕をのばして、火鉢に手をかざしていた。るいを見て、すっかり元気じゃねえかよかったなと声をかけてきた。

「驚かせやがって。本当にお辰が戻ってきたのかと思って、俺ぁ肝が冷えたぜ」

「お父っつぁんも懐かしかったでしょ」

「けっ」

作蔵はふん、ふんと盛大に鼻を鳴らした。

「本物のお辰は化けて出てもきやしねえ。薄情な女房だぜ」

「お父っつぁん」

るいは座敷にあがると、壁の前に座った。

「なんでえ」

「お父っつぁんはあの人のこと、知ってるの？」

寸の間黙り込んでから、作蔵は「さあな」と答えた。

「お父っつぁんには事情を説明したって言ってたよ。本当は聞いているんでしょ」

「あいつがおめえに何も言わなかったんだったら、俺が言うこっちゃねえや」

「教えてくれたっていいじゃない」

「うるせえ。――それよか、こいつに炭を足してくれ」

作蔵の手が火鉢を指差した。

「本当は寒くなんかないくせに」

「つべこべ言ってねえで、炭だ、炭」

はいはいと、るいは火箸で炭を足そうとして、

(炭……)

はっと手を止めた。

スミ。炭。

――お炭様。

るいは火箸を放り出して、立ち上がった。

「ありがと、お父っつぁん。あたし、ちょっと行ってくる。悪いけど店の留守番を頼むね」

「え、おい、待て――！」

俺に店番ができるかっと慌てる作蔵にはかまわず、それでも表の戸だけは閉めて、るいは店を飛び出した。


丁兵衛長屋の一角には、小さな祠《ほこら》があった。

祀《まつ》られていたのは、炭でできたこれまた小さな招き猫だ。

作ったのは長屋の住人の文吉《ぶんきち》という老人で、以前は腕の良い飾り職人だったという。

腕が良いというのは本人の言なので、他の住人たちは話半分に聞いていたのだが、ある時暇つぶしに文吉爺さんが竈の横にあった炭でこしらえた縁起物の猫を見て、なるほどこれはなかなかのものだと、皆は感心した。

だったら今度はおいらがと、大工見習いの新太《しんた》という若者が招き猫のための祠を作った。縦横五寸ばかりの可愛らしい祠だ。見習いの手にしては、こちらもなかなかの出栄えであった。

さて。縁起物とそれを収める祠がそろって、じゃあいっそ祀ってしまえと誰が言い出したかは知らないが、大家の許しを得て路地のどん詰まりに文吉の招き猫が置かれるようになるまでに、さほど時はかからなかった。

長屋には稲荷の社があるが、なに狐と猫が喧嘩するなんて話は聞いたことがねえ。拝んでいりゃひょっとして、本当に福を招いてくれるかもしれねえや。うちの長屋には目立つものは何ひとつないんだから、名物がひとつできてよかったじゃないか。――と、要は江戸っ子が好物の酔狂である。

名前も、炭でできた招き猫だから炭猫様と誰からともなくそう呼んでいたのが、そのうち詰まってお炭様になったらしい。

それはるいが生まれる何年か前のことで、だからるいはその話を長屋の大人たちから聞いた。

住人たちは通りすがりにお炭様を拝んだり、「今日は稼げるよう頼みまさあ」と気軽に声をかけたり、供えた水は毎日取り替えて、煤払いや井戸掃除の日には祠の掃除も一緒にした。大人たちがそんなだから、子供らも熱心に祠に手を合わせて、

――どうか今晩はおねしょをしませんように。

――手習いの字が上手になりますように。

――お父っつぁんとおっ母さんが喧嘩をしているので、早く仲直りしますように。

などと、招き猫が困りそうなお願い事ばかりしていた。

酔狂から始まった信心とはいえ、そんなふうに、いつの間にか長屋の守り神であるかのようにお炭様は皆から親しまれていたのだ。

――長屋にいた子供らのことは、いつも見ていたんだ。

路地奥は子供たちの遊び場でもあった。お炭様の祠の前で、子供たちは毎日のように歓声をあげて走り回っていた。もちろんるいも、その子供らの一人だった。

やがて文吉がこの世を去り、新太が一人前の大工になって丁兵衛長屋を出ていっても、お炭様は変わらず路地の奥にいて、長屋の人々を見守っていた。


「おや、るいちゃんじゃないか」

「ああ本当だ。久しぶりだねえ。元気だったかい？」

白い息を吐きながら長屋の木戸を潜ったるいを見つけて、懐かしい顔ぶれのおかみさんたちが声をかけてきた。

「どうかしたのかい？　そんなに慌てて」

「あ、あの」

るいは喘《あえ》いだ。冬木町《ふゆきちょう》まで駆けてくる途中、何度か息が切れた。そういえばあたし病み上がりだったんだわと、そのたび思い出したるいである。

ようやく呼吸を整えると、挨拶もそこそこに「お炭様は？」と訊ねた。

おかみさんたちは顔を見合わせる。その困ったような表情を見て、るいは路地奥へ駆け込んだ。

「……どうして」

呆気にとられて呟いたのは、そこにあった小さな祠が無惨に傾《かし》げて壊れていたからだ。

一ヶ月前だよと、後を追ってきたおかみさんの一人が言った。

「野分の時期でもないのに、この辺りにずいぶんな大風が吹いた日があってね。その時に吹き飛ばされちまったんだ」

今までも風の強い日はあったが、そんなふうに祠が飛ばされることなんて一度もなかったのにと言う。

「お炭様も一緒に飛ばされて、あたしらが見つけた時にはそこらの地面でバラバラのかけらになっちまってたんだよ」

「そんな」

お炭様が砕けてバラバラに？　るいは膝の力が抜けてその場に座り込みそうになった。

「もともと脆《もろ》くなってたのかもしれないね。長い間、路地で雨風に晒されていたんだ、炭だって傷むさ」

でもねと、別のおかみさんが口をはさんだ。

「あの風で他の長屋じゃ屋根が壊れたり、いろんな物が倒れて怪我人も出たってのに、うちは無事だった。屋根板の一枚も、剝がれやしなかったのさ。もちろん怪我をした者もいない。不思議だろう？」

きっとお炭様が守ってくれたに違いないと、丁兵衛長屋の者たちは思ったという。この住人たちが被《こうむ》るはずだった災厄を、お炭様が引き受けてくれた。そうして自分は砕けてしまったのだと。

「ありがたいって、皆言っているよ」

「それで、お炭様は？」

「まさかそのままってわけにはいかないから、かけらを拾い集めて布で包んで、今は大家さんのところにあるよ。大家さんが、折を見て寺に持っていくってさ」

見に行くかいと訊かれて、るいは首を振った。

――あたしもそろそろ、あそこを出なくちゃならなくなってね。

スミがそう言っていた意味が、ようやくわかった。

るいは祠の小さな扉に手をかけ、それ以上壊してしまわないように慎重に開けた。中にお炭様がいないことを、それでもちゃんと自分の目で見ておきたかったのだ。

だが。

「あれ？」

のぞき込んで、るいは目を丸くした。

主がいない空っぽの祠の中に、思いがけない物が、ちょこんと置かれていた。

（これって……）

鈴のついた猫の首輪だ。

るいの後ろから同じように祠をのぞき込んで、おかみさんたちも「おや」と驚きの声をあげる。その一人が首輪を指でつまんで取りだし、誰が置いたのかねと首をかしげた。

「お供養のために置いたんじゃないのかい。お炭様へのさ」

「だったら、あたしらにもそう言うだろ。誰だか知らないけど」

「いつからあったのかねえ。お炭様が壊れてから祠の扉は閉めたままだったから、気がつかなかったよ」

あれこれと口々に言っているおかみさんたちから、首輪をちょっと拝借して、るいはしげしげとそれに見入った。

(やっぱり)

見覚えのある首輪だった。布の色柄といい、ついている鈴といい。

(でも……どうしてこれがここにあるの?)

その時、

「ちょっと見せておくれな」

一人のおかみさんが、ふと何か思いついたように、るいの掌から首輪をつまみ上げた。

「ああ、やっぱりそうだ。これは、あの三毛の首輪だよ」

「三毛っていうと、あれかい? やたらと垢抜けたあの三毛猫かい?」

「やだよ、猫が垢抜けるって、あんた」

「だって、この長屋にも猫は何匹もいるけれど、比べりゃ一目瞭然さ。毛並みも綺麗だし、歩き方だってこう、しゃなりしゃなりと淑《しと》やかで、呼ぶとちらりと流し目なんかくれて」

なんだいそれはと、他のおかみさんたちが噴き出す。

三毛猫、とるいが呟くと、皆笑ったままでうなずいた。

「春頃から、時々この長屋で見かけるようになった猫さ。このひと月ばかりも、何度か姿を見たよ」

「だけどあんた、よく猫の首輪の見分けなんてつくもんだねえ」

あたしゃ袋物屋の内職をしていたことがあるからねと、首輪を手にしたおかみさんは胸を反らせた。布のことなら少しはわかるよと。

「ごらんよ。この首輪、絞り縮緬《ちりめん》だよ。以前にちらと見たけど、あの三毛も同じ縮緬の首輪をしていた。こんな上等な布、あたしらには到底手が出やしないからねぇ、それで覚えていたのさ」

おかみさんたちの会話を耳にしながら、るいはここ最近、九十九字屋に出入りしている三毛猫の姿を見ていないことを思い出した。といっても、いないわけではない。どうやら二階で、冬吾の部屋のこたつでぬくぬくと暖まっているらしい。だから、首輪をしていないことを、確かめてはいなかった。

けれども。

——春の終わりだったかに、あの人が丁兵衛長屋にやって来たんだよ。

先に聞いたスミの言葉が、またも頭をよぎる。

——それで、ナツさんに頼んで、少しばかりあの人に力を貸してもらったんだ。

ナツのおかげでお辰の姿になって会いに来ることができたのだと、スミは、お炭様はそう言っていた。

「でもさ、あの三毛の首輪だっていうのなら、それがどうしてここにあるのさ？」

「外れて落としちまったんじゃないかね」

「それを誰かが、わざわざここに置いてったってのかい？　そんな馬鹿な」

何かあったのかと猫の身を案じて、おかみさんたちの表情が曇る。

あの、とるいは声をあげた。

「大丈夫です。……その三毛猫、あたしも知ってるけど、ぴんぴんしてます」

「知ってるって、るいちゃん、あの三毛をかい？」

おかみさんたちは驚いた顔をした。

「きっと、知り合いのところの猫です。あたしもその首輪を見たことがありますから。多分落としてなくしちゃったんだと思う」

「知り合いは、この近くに住んでいるのかい」

「ええ……まあ」

さすがに北六間堀とは言い出せない。まさかそんな遠くから猫が通ってくるわけはないと、疑われてしまう。

「そりゃよかったよ」

るいが嘘をつく理由などないので、おかみさんたちはホッとした様子でうなずいた。

これも縁てやつだろうねと言いながら、袋物屋の内職をしていたというおかみさんは手に持っていた首輪をるいに渡した。

「知り合いの猫なら、あんたがこれを返してやっておくれ」

受け取って、るいは「はい」とうなずいた。

「ひょっとしたら、あの三毛がお炭様に自分の首輪をお供えしたのかもしれないねえ」

最後に一人がそんなことをぽつりと呟いた。そんな馬鹿なとは、今度は誰も言わなかった。

「この祠も、もう取っ払わなきゃいけないけど。寂しいね」

おかみさんたちは、壊れた祠をつくづくと見やって、ため息をついた。

「お炭様がいなくなっちまって、長屋の者は皆、寂しがっているよ」

冬木町の長屋を後にして、仙台堀を越える。先日男の霊と出くわした場所には近づかないように、霊巌寺の前は小走りに駆け抜けて、小名木川へ。

橋を渡ったところで、るいは「あっ」と目を瞠った。

袂の茶屋から、床几に腰掛けたままひらひらとこちらに手を振っている者がいた。

「ナツさん⁉」

慌てて走り寄ると、ナツはにっこりと笑って、自分の隣を示した。

「お座りよ。ここの汁粉は美味しいよ」

店主に注文をすませると、ナツはるいの前に掌を出した。

「返しとくれ」

るいが黙って首輪をそこにのせると、何事でもないように帯の間にそれを入れた。

「……あのお」

「なんだい」

「えっと」

なんとなく、るいはため息をついた。長屋を出てからずっと、ナツに会ったらまず言おうと思っていた言葉のあれこれが、見事に頭から素っ飛んでしまった。しばしぐるぐると考えてつづけて、ようやく口から出た言葉が、

「ずっと首輪をつけてなかったんですか？」であった。

「貸していたからね」

当然という返事だ。

そりゃそうだと、るいも思う。で、次は何を言おう。ナツはすました顔で茶を飲んでいる。迷っているうちに、汁粉がきた。

「あちっ」

師走の風に冷えた身体に、熱い汁粉はありがたかった。甘さがじんわりと身体に沁み入るようだ。

「本当に美味しい」

「そうだろう」

お汁粉を食べたい時は次からこの店にしようと、柔らかい餅を頬張りながら、るいは決めた。

ナツはるいを横目で見て、くすっと笑った。

「黙っちまって。言いたいことがあるんじゃないのかい？」

るいは箸を止めると、ナツに目を向けた。そうして、はあとまた大きく息をついた。

「そりゃ、いろいろありますけど。……でも一番思うのは、あたしって大馬鹿者だなぁってことです」

本当に大馬鹿者だ。お炭様はあたしのことを聡い子だって言ってたけど、とんでもない。あたしってば、なんてトンチキなんだろ。

思い返せばあの時もこの時も、ナツがいつも突然姿をあらわす理由なんて、ひとつしかなかったのに。今なら他にも思い当たることは、山ほどあるのに。

「あの三毛猫がナツさんだって、どうしてもっと早くに気がつかなかったのかしら」

まったくだと、ナツは笑う。

「お父っつぁんは知ってるんですか？」

「知っているよ」

じゃあ、やっぱりあたしだけなんだ……と、るいはほっぺたをぷくっと膨らませた。

「教えてくれたっていいじゃないですかぁ」

些か恨めしげに言うと、ナツは笑いを噛み殺しているような真顔になった。

「悪かったよ。でもあれだけあからさまなら、普通は気づくと思うじゃないか。なのにあんたときたら、てんで疑いもしないんだから。そのうちだんだんと、面白くなっちまってさ」

面白がられていたのかと、るいはがっくりと肩を落とした。

川からの風が吹き抜けて、茶店の前を行き交う人々が寒そうに身を竦《すく》める。るいが汁粉を食べ終えた頃合いで、「行こうか」とナツは立ち上がった。

「知ってるかい。黒い招き猫というのは、福を招くだけじゃなくて魔除け厄除けの力もあるんだってさ」

九十九字屋へ帰る道すがら、ナツはそんなことを言った。

並んで一緒に歩きながら、るいは目を瞬かせる。

「え、そうなんですか？」

「ちなみに赤い招き猫は病除けだそうだ。——流行病であんたや他の子の親が死んだ時、自分が赤い猫じゃないのが悔やまれたと、スミは言っていたよ」

「そんなこと……」

言って、るいは言葉がつづかない。

「あんたに会いにきたがっていたから、それならと思って、あんたの看病をスミにお願いしたんだ。そうしたら、あんたに取っ憑いた悪い霊を、見事に追っ払ってくれて」

ナツはくっくっと喉を鳴らすように柔らかく笑った。

「なにしろ炭でできた猫だもの、これ以上ないってくらい真っ黒だ。それこそ魔除けの力はおスミ付きさね」

(そういや、箒一本で追っ払ってくれたのよねえ)

あれが魔除けの力というものか。あの化け物みたいな男の霊を箒でぶん殴って退散させるなんて、いくらおっ母さんに化けたからといっても、すごい。

「ナツさんのおかげでおっ母さんの姿になれたって、お炭様は言ってました。その首輪には、そんなすごい力があったんですね」

「これかい?」

ナツは帯に指を触れて、肩を竦めて見せた。

「これはただの首輪さ。でも、あたしの気の移った物だから、少しは役に立ったみたいだ」

風が後ろから追いかけてきて、結わずに毛先をゆるくまとめただけのナツの長い髪を揺らした。

「大風の日からもうひと月だ。会うのはあんたが最後だと言っていたよ」

だったら、これで本当にもう、お炭様はいなくなってしまうのだ。

そう思ったら、つんとるいの胸が痛くなった。

「招き猫じゃなくてもいいのに……。あ、それとも長屋に新しい祠を作って、そこに戻るというのは、駄目なんですか？」

ナツはゆるりと首を振る。

「身体が砕けてなくなったのなら、この世から消えちまう。あれはそういうモノさ」

ただのちっぽけな炭が、かたちを与えられ名前を与えられ、皆が手を合わせるようになって、命を吹き込まれた。そのかたちを失えば、もとの炭に戻るしかない。そういうモノなんだよ、と。

るいはしゅんとした。もとはただの炭でも、お炭様は長屋の皆を見守っていてくれた。そうして最後は長屋の災厄を身代わりに引き受けて、バラバラになってしまった。

どんなモノでも、丁兵衛長屋の住人にとって、お炭様は大切な存在だった。だからいなくなってしまうのは、やっぱりとても寂しいことだ。

「ナツさん。ひとつ訊いてもいいですか」

九十九字屋まであと少しというところで、るいは訊こうかどうしようかと迷っていたことを口にした。

「なんだい」

「ナツさんは、人間と猫と、どっちが本当なんですか？」

「人間が猫に化けるってのは、あまり聞かないねえ」

「でもお父っつぁんは、人間から壁になったもの」

ああそうだったねと、ナツは笑う。

「多分、猫」

「多分ですか」

ふふっとナツはまた笑って、答えなかった。

つまり化け猫ってことね——と、るいは納得した。

四

「るい！　おまえ、るいじゃないか!?」

行灯《あんどん》の油を買いに出た帰り道、橋の上ですれ違った相手からいきなり声をかけられて、るいは驚いた。

見れば、どこぞのお店《たな》の手代という風情の男だ。首をかしげていると、

「俺だよ。ほら、丁兵衛長屋にいた――」

「あ、仁吉《じんきち》さん？」

思い出した。子供の頃、丁兵衛長屋にいた仁吉だ。るいより三つばかり年上で、るいと同じように流行病で母親をなくし、大家さんの世話で奉公に出た。仁吉はもともと父親がおらず、結局二親を失って長屋を出たのも、るいと同じだ。

「すっかり娘らしくなっちまって。別人かと思ったぜ」

「仁吉さんこそ」

いつも泥んこで遊んでいた、やんちゃ坊主の面影はない。髪を中剃りにし、木綿とは

いえ羽織を着て、すっかり立派なお店者《たなもの》になっている。

「親父さんが死んで奉公に出たって聞いていたが、元気そうだな」

「うん。いろいろあったけど、どうにかやっているわ」

仁吉が働いている店は神田《かんだ》で太物の商いをやっており、普段は大川を渡って東に来ることはないのだが、今日はたまたま客に届け物をした帰りだという。

「奇遇といえばつい先日、幸太《こうた》にも会ったんだ」

仁吉はやはり丁兵衛長屋にいた子供の名を口にした。

「幸太さんは、確かおっ母さんと一緒に木場《きば》に行ったんじゃなかったっけ」

その子も流行病に親をとられたクチだ。幸太の場合は父親で、働き手を失った母親は幸太と小さな妹を連れて、料理屋の住み込みの女中になったと聞いていた。

「あいつは今は船頭だ。まだ見習いだが、あと少しで親方から半纏《はんてん》をもらえると張り切っていたよ」

それで、と言いかけて、仁吉はちょっと口ごもった。それまで橋の上で立ち話をしていたのだが、手すりのそばに寄ってるいを手招きした。

「どうしたの？」

「……それでな。会った時に、幸太が奇妙なことを言ったんだ」

こころもちるいに顔を近づけて、仁吉は声を低めた。

「奇妙なことって」

「死んだはずの父親を見たと——そう言っていた」

親方について舟で客を渡している時だった。舟の上で竿を握る幸太を、川辺に立ってじっと見ている男がいた。目があうと、ニコリと笑って手を振った。それが、忘れもしない自分の父親の顔をしていたという。

「幸太は仰天したらしい。そりゃそうだ。川の上だから、走っていって確かめることもできやしない。舟は先に進んで、男の姿はあっという間に遠ざかっていく。——そんな馬鹿なと幸太は思ったそうだ。親父は七年前に死んだんだ。あれは他人のそら似だ。でなきゃ、俺はきっと夢でも見たんだってな。ところが」

声が聞こえた。振り返ると、川辺で豆粒みたいになっていた男は、両手を振りながら叫んでいた。おーい幸太、元気でやってるか。おこうやお梅《うめ》は元気か——。

おこうは幸太の母親、お梅は妹の名前だ。

「幸太さんのお父っつぁんが……」

るいはあらためて仁吉の顔を見た。さてどう反応しようかと思っていると、るいが呆れているると勘違いしたのか、仁吉は困った顔をした。

「あいつの話ばかりじゃ悪いから、打ち明けるが。……実は、俺もなんだ。死んだはずのおっ母さんを見た。というか、おっ母さんに会った」

半月ほど前だったという。その日は得意先に品物を届けに行って、やはりその帰り道のことだ。通りを歩いていると、目の前に突然、母親のおたかがあらわれた。顔はもちろん、着物や帯の色柄まで、仁吉の記憶の中にあるおたかの姿そのものだった。

「俺も幸太と同じだった。心臓がでんぐり返るみたいになって、死んだおっ母さんがここにいるわけがない、これは夢だって思いながら、口もきけずにそこに突っ立ったままになっちまって」

ところがおたかのほうは、にこにこ笑って、まるきり藪入りで久しぶりに顔を見る息子に接するように、仕事はどうなのかとか、病気はしていないかとか、あげくに長屋にいた頃の思い出話まで始める始末。聞いているうちに、やっぱりこれはおっ母さんだ、おっ母さんの幽霊に違いないと、仁吉は思ったという。

「それで、どうしたの？」

「幽霊のままふらふらされてちゃまずいから、おっ母さんの手を引っぱって、位牌を預けてある寺へ連れて行こうとした。自分の位牌でも見りゃ、納得してあの世へ行くだろうと思ったんだ。……けどなぁ」

そこでふと仁吉は、困ったような照れたような、なんとも気恥ずかしげな表情になった。

「気がついたら俺はおっ母さんと一緒に蕎麦屋にいて、その店で一番高いしっぽくを注文していたよ」

「蕎麦屋？」

「覚えているだろうが、俺の家は父親がいなくて、おっ母さんの内職でどうにか食いつないでいるような生活だった。長屋でもいっとう貧乏な暮らしをしていたから、店で蕎麦を食うなんて贅沢は、あの頃はとてもできなかったんだ」

子供心に早く大きくなって稼げるようになりたい、稼いだらおっ母さんを蕎麦屋に連れて行って、具のどっさりのった蕎麦を食わせてやるんだ――そう思っていたと仁吉から聞いて、るいは「そっか」としんみりとうなずいた。

「おたかさん、喜んでたでしょ」

「ああ。ありがたいありがたいって手を合わせて、蕎麦をきれいに平らげたよ。それを見ていたら、なんだかホッとした。だってな、俺は結局、おっ母さんが生きているうちには、蕎麦の一杯も食わせてやれなかった。そのことが胸のどっかにずんと重ったく残っちまってたんだ。たとえ幽霊でも、店に連れて来てやることができてよかった、本当によかったたって思えたのさ」

お店の使いの途中であるから、長くは一緒にいられなかった。後ろ髪を引かれる思いで別れを告げると、おたかは仁吉の手を握って、

「おまえはえらい子だ、一人でよく頑張ったって、言うのさ。立派になったね、元気で暮らすんだよって。俺はそれを聞いて、嬉しくてさ。涙が出たよ」

うん、とるいはうなずいた。

胸の中がほのぼのと温かくなる。お炭様は、長屋を離れた子供らのことを気にかけて、そうやって皆のところを訪ねて、そうして……親のふりをして言ったのではない、頑張ったね元気でねというのは、お炭様の心からの言葉なのだ。

「幸太も言っていた。あれは親父だった、親父が自分に会いに来てくれたんだって。もうちょっと待ってくれりゃ、半纏着た一人前の姿を見せてやれたのに、せっかちな人だ

ったからなぁって、笑ってたよ」

仁吉はふいっと水面に目をやり、またるいに視線を戻した。ちょっと迷うような顔をする。おまえは……と目で訊いている。

きっと仁吉は気づいているのだろう。とてつもなく不思議な話だけれども、自分と幸太の前に死んだ母親と父親があらわれた。二人の共通点は子供の頃、丁兵衛長屋にいたこと。二人とも、流行病で親をなくして、長屋を出たことだ。――だからもしかしたら、同じ境遇のるいのところにも、と。

そもそもこんな話をるいにしたのも、それを訊いてみたかったからだろう。

うん、とるいはうなずいた。

「あたしも、おっ母さんに会ったよ」

うなずいて、笑って、言った。

あたしが悪い奴につきまとわれて困っていたらね、おっ母さんがあらわれて、そいつを叩きのめして、追っ払ってくれたんだよ……。

ところで。くだんの男の霊はその後、寺で供養されることになった。

内藤新宿から戻った冬吾は、るいから話を聞くと、《月白庵》に掛け軸を取りに行くついでに霊があらわれた林に立ち寄った。

おそらく人が普段は踏み入らぬであろう林の奥で見つけたのは、崩れかけた小さな石の塚だった。樹木の間に埋もれるようにして、そのまま長い年月うち捨てられ忘れ去られていたものらしい。何のための塚であるのか、記された字はすり減ってすでに読めなかったが、おそらくあまりよいいわくはなかろうと、あとで冬吾はるいに言ったものだ。

「うかつな話だ。寺の敷地のすぐそばに、そんな死角があるとはな」

「じゃあ、あたしが出くわしたのは、その塚に関係のある人だったんでしょうか」

「因果はそうだな。何のきっかけでさまよい出てきたかは知らんが、塚があれほど朽ちていては、封印の力も失せている」

やっぱり理不尽だわと、るいは口を尖らせた。

「あの霊にもよっぽどの事情はあったんでしょうけど、なんだかあたし、八つ当たりされたみたいな気がします」

「さて」冬吾は些か意地悪くニヤリとした。「声をかけようとしていきなり蹴り倒されれば、恨みたくもなるんじゃないか」

「え、あたしのせい⁉」

「そのうえ、箒でぶん殴られたんだ。気の毒なので、そばの寺に事情を話して経のひとつもあげてやれと言っておいた。あちらも驚いてきちんと供養すると言っていたから、これで大丈夫だろう」

なんだか別の意味で理不尽な気がするが、冬吾が大丈夫だと言うのなら、本当にもう大丈夫なのだろう。

だけどやっぱり、あの林の辺りにはこの先近づかないでおこうと、心に決めたるいであった。


「ただいま戻りました」

店に帰ったるいは、油を入れた壺を土間に置くと、もうひとつ手にしていた小ぶりの徳利を、冬吾に「はい」と手渡した。

「何だ、これは？」

「菜種油です」

「……そんな値が張るものを買ってこいと言ったおぼえはないが」

菜種油といえば、油の中でも最高級品である。

顔をしかめた冬吾に、るいはすまして、

「だってナツさんが、これがいいって言うんですもの。——きっとこたつで寝ていると思うから、後で冬吾様から渡してあげてくださいね」

店主の困惑を尻目に、るいは壺を抱えてさっさと台所に向かった。

残された冬吾は、徳利を眺めて何ともいえぬ顔をしてから、階段に目をやった。

「正体は、明かさなくてもよかったんじゃないか？」

見れば段の中ほどに、いつの間にやら三毛猫が座っている。

冬吾の皮肉にちらりと横目をくれて、「さて何のことやら」と言わんばかりに、ナツは前肢でくるりと顔を拭ったのだった。

光文社文庫

文庫書下ろし
おもいで影法師《かげぼうし》　九十九字《つくもじ》ふしぎ屋《や》 商《あきな》い中《ちゅう》
著者　霜島《しもじま》けい

2017年10月20日　初版1刷発行
2018年7月20日　2刷発行

発行者　鈴木広和
印刷　萩原印刷
製本　ナショナル製本

発行所　株式会社 光文社
〒112-8011　東京都文京区音羽1-16-6
電話 (03)5395-8149 編集部
8116 書籍販売部
8125 業務部

ISBN978-4-334-77533-9　Printed in Japan

組版　萩原印刷

光文社時代小説文庫　好評既刊

あやかし飛燕　鳥羽　亮
鬼面斬り　鳥羽　亮
幽霊舟　鳥羽　亮
姫夜叉　鳥羽　亮
兄妹剣士　鳥羽　亮
伊東一刀斎（上之巻・下之巻）　戸部新十郎
秘剣水鏡　戸部新十郎
いつかの花　中島久枝
なごりの月　中島久枝
ふたたびの虹　中島久枝
刀圭　中島　要
ひやかし　中島　要
晦日の月　中島　要
夫婦からくり　中島　要
ないたカラス　中島　要
黒門町伝七捕物帳　縄田一男編
こころげそう　畠中　恵

よろづ情ノ字薬種控　花村萬月
薩摩スチューデント、西へ　林　望
天網恢々　林　望
道具侍隠密帳　四つ巴の御用　早見　俊
囮の御用　早見　俊
獣の涙　早見　俊
天空の御用　早見　俊
夏宵の斬　幡　大介
関八州御用狩り　幡　大介
仇討ち街道　幡　大介
風雲印旛沼　幡　大介
夕まぐれ江戸小景　平岩弓枝監修
しのぶ雨江戸恋慕　平岩弓枝監修
隠密刺客遊撃組　平茂　寛
萩供養　平谷美樹
お化け大黒　平谷美樹
隠密旗本　福原俊彦

光文社時代小説文庫　好評既刊

春雷　藤原緋沙子
夏の霧　藤原緋沙子
紅椿　藤原緋沙子
風蘭　藤原緋沙子
雪見船　藤原緋沙子
鹿鳴の声　藤原緋沙子
さくら道　藤原緋沙子
日の名残り　藤原緋沙子
鳴き砂　藤原緋沙子
花野　藤原緋沙子
寒梅　藤原緋沙子
柳生一族　松本清張
逃亡（上・下）新装版　松本清張
雨宿り　宮本紀子
始末屋　宮本紀子
ある侍の生涯　村上元三
加賀騒動　新装版　村上元三

陣幕つむじ風　村上元三
きりきり舞い　諸田玲子
相も変わらずきりきり舞い　諸田玲子
だいこん　山本一力
つばき　山本一力
影流開祖　愛洲移香　日影の剣　好村兼一
嵐を呼ぶ女　和久田正明